Nicolai Gogol

O Nariz

seguido de

Diário de um louco

Tradução de Roberto Gomes

www.lpm.com.br

L&PM POCKET

Coleção **L&PM** POCKET vol. 201

Texto de acordo com a nova ortografia.

Primeira edição na Coleção **L&PM** POCKET: maio de 2000
Esta reimpressão: outubro de 2024

Capa: L&PM Editores
Revisão: Jó Saldanha e Renato Deitos

ISBN 978-85-254-1039-9

G613n Gogol, Nikolai Vassiliévitch, 1809-1852
O Nariz /e/ Diário de um louco / Nicolai Vassiliévitch Gogol; tradução Roberto Gomes. – Porto Alegre: L&PM, 2024.
128 p. ; 18 cm – (Coleção L&PM POCKET)

1. Ficção russa-contos. I. Título. II. Diário de um louco.III. Série.

CDD 891.731
CDU 882-34

Catalogação elaborada por Izabel A. Merlo CRB

Rua Comendador Coruja, 314, loja 9 – Floresta – 90.220-180
Porto Alegre – RS – Brasil / Fone: 51.3225.5777

Pedidos & Depto. comercial: vendas@lpm.com.br
Fale conosco: info@lpm.com.br
www.lpm.com.br

Impresso no Brasil
Primavera de 2024

O Nariz

seguido de

Diário de um louco

Livros do autor na Coleção **L&PM** POCKET:

O Nariz seguido de *Diário de um louco*
O Capote seguido de *O Retrato*

Sumário

O Nariz

I

No dia 25 de março passado[1], Petersburgo foi palco de uma aventura das mais estranhas. O barbeiro Ivan Yakovlévitch, domiciliado na avenida da Ascensão (seu nome de família se perdeu e em sua insígnia figura apenas a inscrição: *Pratica-se também a sangria*, por debaixo de um senhor com as faces lambuzadas de sabão), levantou-se bastante cedo e percebeu um odor de pão quente. Sentando-se na cama, viu que sua esposa – pessoa respeitável e que gostava muito de café[2] – retirava do forno pães que acabavam de ser cozidos.

"Hoje eu não tomarei café, Prascovi Ossipovna, disse Ivan Yakovlévitch. Prefiro roer um bom pão quente com cebolinha."

---

1. Na versão publicada em 1836 em *O Contemporâneo*, a data era: 25 de abril (e, por consequência, a do final do conto, 5 ou 6 de maio ao invés de 7 de abril. 25 de março, data finalmente fixada por Gogol, é a da *Anunciação*, comemorada com um alarde particular pela igreja ortodoxa). É notadamente a respeito da escolha desta data que Paul Evdokimov (*Gogol e Dostoievski ou a Descida ao inferno*, Paris, 1961) baseia sua interpretação apocalíptica de *O nariz*: o Nariz – tal como Khlestakov, como Tchitchikov – é o Anticristo...

2. O café era, em Petersburgo, de um uso tão corrente quanto o chá no resto da Rússia. Costume trazido da Holanda por Pedro, o Grande, e que Gogol apreciava particularmente.

Na verdade, Ivan Yakovlévitch gostaria muito de pão e café, mas julgava impossível pedir as duas coisas ao mesmo tempo; Prascovi Ossipovna não tolerava caprichos deste tipo.

"Tanto melhor, disse a respeitável esposa jogando um pão sobre a mesa. Que o meu tolinho se empanturre de pão! Vai me sobrar mais café."

Respeitador dos bons modos, Ivan Yakovlévitch vestiu seu casaco sobre a camisa e se preparou para o desjejum. Colocou à sua frente uma pitada de sal, limpou duas cebolas, pegou sua faca e, com uma expressão grave, cortou o pão em dois. Percebeu então, para sua grande surpresa, um objeto esbranquiçado exatamente no meio do pão. Cutucou-o cuidadosamente com a faca, apalpou-o com o dedo... "Que poderá ser isso?", perguntou-se sentindo a resistência.

Meteu então os dedos dentro do pão e dali retirou... um nariz! Seus braços despencaram. Ele esfregou os olhos, apalpou novamente o objeto: um nariz, era de fato um nariz, tratava-se até mesmo de um nariz de suas relações! O pavor tomou conta das feições de Ivan Yakovlévitch. Mas este pavor não era nada comparado à indignação que se apoderou de sua respeitável esposa.

"Onde foste capaz de cortar este nariz, sujeito desastrado!, exclamou ela. Beberrão! Ladrão! Patife! Vou em seguida te denunciar à polícia, seu bandido!

Já ouvi três pessoas dizendo que, ao lhes fazer a barba, puxas o nariz das pessoas quase a ponto de arrancá-lo!"

Entretanto, Ivan Yakovlévitch estava mais morto do que vivo: acabara de reconhecer o nariz de M. Kovaliov, assessor do juiz do colegiado eleitoral, que tivera a honra de barbear na quarta e no domingo.

"Um minuto, Prascovi Ossipovna! Vou embrulhá-lo num pedaço de pano e colocá-lo aqui no canto, por enquanto. Eu o levarei mais tarde.

– Só me faltava essa! Acreditas que eu vou guardar aqui um nariz cortado? Seu grandissíssimo cabeça de vento! Não sabes mais do que fazer barba! Não demora e nem saberás barbear as pessoas como deve ser feito! Ah, o maldito aventureiro! Ah, o bruto! Ah, o mal-educado! E só faltava que eu precisasse responder por isso aí na polícia! Leve-o imediatamente, porcalhão! Leve-o para onde quiseres e que eu nem ouça mais falar dele!"

Ivan Yakovlévitch permaneceu petrificado de surpresa. Refletiu muito mas não sabia o que pensar de tudo aquilo.

"Como diachos aquilo acontecera?, murmurou enfim, coçando-se atrás da orelha. Acaso eu estava bêbado quando voltei ontem para casa? Já não me lembro... E ademais, na verdade esta coisa é inverossímil. Que será que este nariz veio fazer dentro deste pão? Não, não compreendo patavina!"

Ivan Yakovlévitch calou-se. Adiante do pensamento de que policiais poderiam encontrá-lo de posse daquele nariz e acusá-lo de um crime, ele perdeu definitivamente o controle. Viu surgir uma espada, uma gola vermelho vivo bordada em prata..., e seu corpo começou a tremer por inteiro. Por fim, vestiu suas calças e as botas, embrulhou o nariz num pano e se precipitou porta afora, acompanhado pelas imprecações de Prascovi Ossipovna.

Tinha a intenção de jogar seu embrulho dentro de algum frade de pedra[3], por debaixo de algum portal, ou de abandoná-lo como se fosse por acaso no canto de uma ruela. Infelizmente, tropeçava a todo momento com pessoas conhecidas, que de cara lhe perguntavam: "Onde vais correndo desta forma?", ou então: "Quem vais barbear tão cedo?" Ele não conseguia achar o momento propício. Num certo momento, no entanto, ele acreditou ter se livrado do embrulho, mas um guarda municipal apontou para ele com a ponta de sua alabarda[4], dizendo:

"Ei, você aí, indivíduo, junte o que deixou cair!"

---

3. Trata-se de pequena coluna oca, de pedra ou madeira, colocada à beira das calçadas para impedir a passagem de veículos.

4. Arma antiga, com haste de madeira e arrematada com um ferro pontiagudo, sobreposto a outro em forma de meia-lua.

Ivan Yakovlévitch foi obrigado a recolher o nariz e enfiá-lo no bolso. O desespero tomou conta dele, pois as lojas estavam abrindo e os transeuntes tornavam-se a cada momento mais numerosos.

Decidiu ir à ponte Santo Isaac na esperança de jogar no Néva seu fardo aborrecido.

Mas creio ter agido mal ao não ter dado qualquer detalhe a respeito de Ivan Yakovlévitch, personagem altamente respeitável sob muitos aspectos.

Como todo artesão russo que se respeita, Ivan Yakovlévitch era um bêbado incorrigível. E mesmo que barbeasse todos os dias o queixo dos outros, o seu permanecia sempre por fazer. A cor de sua casaca – Ivan Yakovlévitch nunca usava sobretudo – lembrava aquela dos burros quando fogem: na verdade, esta casaca era preta, mas inteiramente malhada por manchas cinzas e acastanhadas; o colarinho reluzia; três pontas de fios pendiam no lugar de botões ausentes. Quando se entregava aos cuidados de nosso barbeiro, o assessor do colegiado eleitoral tinha o costume de lhe dizer: "Com os diabos, Ivan Yakovlévitch, estas tuas mãos cheiram mal!, – Por que diz que elas cheiram mal?, perguntava Ivan Yakovlévitch. – Sei lá, meu caro, ocorre que sempre fedem!", replicou o assessor do colegiado. Então, Ivan Yakovlévitch dava uma cafungada e, para se vingar, ensaboava impiedosamente as faces, o nariz, o pescoço, as orelhas, todas as partes do coitado que seu pincel de barba pudessem alcançar.

Enquanto isso, este respeitável cidadão já havia alcançado a ponte Santo Isaac. Começou por inspecionar as redondezas, depois se debruçou sobre o parapeito como se investigasse se havia muitos peixes, e se desvencilhou discretamente do embrulho fatal. Em seguida, Ivan Yakovlévitch sentiu-se como se houvesse se aliviado de um peso de cem libras. Chegou a esboçar um sorriso. Ao invés de ir aparar os queixos de burocratas, resolveu tomar um copo de ponche num estabelecimento cuja insígnia indicava: *Aqui servimos chá e refeições*. Ele já colocava seus pés na porta, quando, súbito, percebeu na extremidade da ponte um oficial de polícia com uma aparência imponente. Largas costeletas, tricórnio, espada ao lado. Ele perdeu o controle quando o oficial o chamou com um dedo, dizendo:

"Aproxime-se, meu caro!"

Ivan Yakovlévitch, que conhecia as regras, retirou seu boné e acorreu em passos rápidos.

"Desejo um bom dia a Vossa Senhoria!

– Deixe para lá a minha senhoria e me diga o que fazia na ponte.

– Garanto que estava indo barbear meus fregueses quando parei para verificar como a água corre rápida.

– Não me tapeie, responda com franqueza.

– Estou pronto a barbear gratuitamente Vossa Graça duas ou três vezes por semana, replicou Ivan Yakovlévitch.

– Chega de patacoadas, amigo! Já tenho três propostas semelhantes a tua, de sujeitos que dizem que se sentiriam honrados em fazer minha barba. Vamos lá, diga-me o que fazias na ponte?"

Ivan Yakovlévitch empalideceu. Mas a sequência da aventura se perde numa névoa tão espessa que ninguém jamais conseguiu descobri-la.

II

O assessor do colegiado Kovaliov acordou bastante cedo, murmurando: "Brrr!", segundo um hábito que ele teria muita dificuldade em explicar. Ele se espreguiçou e olhou-se no espelho para examinar uma pequena espinha que, na noite do dia anterior, havia saído em seu nariz. Para seu imenso espanto, percebeu que o lugar que seu nariz deveria ocupar apresentava apenas uma superfície lisa! Alarmado, Kovaliov apanhou água e esfregou os olhos com uma toalha de rosto. O nariz havia desaparecido por inteiro! Apalpou-se, beliscou-se para se convencer de que não estava mais dormindo: não, estava muito bem acordado.

Kovaliov pulou da cama e agitou-se: continuava sem o nariz!... Vestiu-se de imediato e foi direto ao chefe de polícia.

Julgo que seja necessário dizer algumas palavras a respeito de Kovaliov a fim de que o leitor saiba a que gênero de indivíduo este personagem pertence. Os assessores do colegiado aos quais os pergaminhos universitários conferem o direito a este título não saberiam se comparar àqueles que o obtiveram no Cáucaso. São duas categorias muito diferentes. Os primeiros... Mas a Rússia é um país tão estranho que, se falamos de um assessor de colegiado, todos os outros, de Riga ao Kamtchatka, acreditariam que se trata deles. E se dá o mesmo para todos os outros graus... Kovaliov era assessor do colegiado caucasiano. Como o era há apenas dois anos, Kovaliov ainda se sentia muito orgulhoso disso. Para se dar uma maior importância ele exigia que o tratassem como Senhor Major[5]. "Escute, minha boa mulher, ele costumava dizer quando uma vendedora de peitilhos de camisa lhe oferecia seus serviços; escute, minha rica, venha ver-me em minha casa. Moro na avenida dos Jardins. Bastará perguntares pela residência do major Kovaliov, todo mundo te indicará onde fica." Se,

---

5. Grau militar equivalente ao grau civil (o 8º da tabela de níveis) de Kovaliov. A expressão "assessor do colegiado caucasiano", a partir da novela de Gogol, foi por muito tempo proverbial.

por acaso, ele encontrasse entre estas vendedoras uma carinha linda, ele lhe passava além do mais instruções secretas, tendo o cuidado de acrescentar: "Não esquecerás, meu pequeno coração, de perguntar pela residência do major Kovaliov!" Faremos tal como ele e doravante ajuntaremos um major a este assessor do colegiado.

O major Kovaliov tinha o hábito de fazer seus passeios na Perspectiva. Seu colarinho e seu peitilho estavam sempre admiravelmente engomados. Usava costeletas como o fazem ainda hoje os geômetras, os arquitetos[6], os médicos do exército e outras pessoas que exercem as funções as mais diversas[7], em geral todos os indivíduos que ostentam bochechas gorduchas e jogam bóston[8] com destreza. Suas costeletas desciam até a metade da face e, a partir daí, dirigiam-se em linha reta ao nariz. O major Kovaliov usava uns penduricalhos, um grande número de sinetes em cornalina, nos quais se encontravam gravados, seja brasões, seja o nome dos dias: segunda-feira, quarta-feira, quinta-feira, etc. O major Kovaliov viera a Petersburgo para aí procurar algum emprego que fosse adequado a

---

6. Anteriormente, Gogol havia escrito: "Desde, porém, que não sejam estrangeiros".

7. *...diversas funções policiais...*, constava no manuscrito. A censura cortou o epíteto.

8. Jogo de cartas para quatro parceiros.

sua graduação: um cargo de vice-governador, ou então um lugar como inspetor numa administração importante. O major Kovaliov de bom grado casou-se, com a condição de que o dote alcançasse duzentos mil rublos. O leitor pode agora imaginar o estado do major quando, em lugar de um nariz não muito feio, não encontra senão uma estúpida superfície lisa.

Como se fosse de propósito, não havia nenhum fiacre na rua. Precisou percorrer o caminho a pé, envolvido em seu casaco, o rosto escondido num lenço, como se seu nariz estivesse sangrando. "Eh, pensou, não há dúvida de que fui vítima de uma alucinação. Meu nariz não pode se perder sem mais nem menos, com os diabos!" E entrou num café a fim de se olhar num espelho. Felizmente, o café estava deserto. Os garçons varriam as salas e arrumavam as cadeiras. Os olhos, inchados de sono, carregavam pratos cheios de pequenos pastéis quentes. Os jornais da véspera, maculados com manchas de café, cobriam as mesas e cadeiras. "Graças a Deus não há ninguém, assim posso me olhar!", Kovaliov disse a si mesmo, aproximando-se de um espelho. Mas, após uma tímida olhadela: "Argh, que horror!, murmurou, enojado. Se houvesse ao menos alguma coisa no lugar do nariz. Mas não há nada, nada, nada."

Saiu do café esmagando os lábios e decidido, contra seus hábitos, a não endereçar a ninguém nem um olhar ou cumprimento. Súbito parou, pregado no chão. Um acontecimento incompreensível se passava diante de seus olhos. Um landau acabara de parar diante da porta de uma casa. A portinhola abriu e um personagem trajando uniforme desceu todo curvado do veículo e subiu a escadaria de quatro em quatro degraus. Quais não foram a surpresa e o terror de Kovaliov ao reconhecer neste personagem... seu próprio nariz! Diante deste espetáculo extraordinário, ele pensou que uma revolução se produziu em seu aparelho visual. Sentiu as pernas amolecerem, mas decidiu, custasse o que custasse, esperar a saída do personagem. Ficou portanto parado naquele lugar, tremendo como se sofresse um acesso de febre. Dois minutos após, o Nariz reapareceu – vestia um uniforme bordado em ouro, com um grande colarinho vertical, uma calça de camurça e uma espada ao lado. Seu chapéu de duas pontas encimado por plumas insinuava que ele ocupava um cargo de conselheiro de Estado. Estaria, certamente, fazendo um circuito de visitas. Olhou de um lado para outro, chamou seu veículo, instalou-se nele e desapareceu.

O pobre Kovaliov, inteiramente estupefato, não sabia o que pensar deste estranho incidente. Como diachos seu nariz, ainda ontem ornando seu rosto e incapaz de se mover, tanto a pé quanto em qualquer veículo, usava agora um uniforme? Correu atrás do veículo, o qual, felizmente para ele, parou em seguida diante do Bazar[9]. Kovaliov precipitou-se pelo meio de uma fila de velhas pedintes, cujos rostos inteiramente cobertos, exceto duas aberturas para os olhos, provocavam confusões. Não havia ali muita gente[10]. Kovaliov se sentia bastante deprimido, pois não sabia que decisão tomar. Seus olhos procuravam o sujeito por todos os cantos e por fim o descobriram em frente a uma loja. O rosto dissimulado pelas suas golas verticais, o Nariz mergulhava por inteiro no exame das mercadorias.

"Como abordá-lo?, pensou Kovaliov. Tudo, o chapéu de dois bicos, o uniforme, indica o conselheiro de Estado. Como decidir?"

Tossindo, deu um giro em torno do personagem. Mas o Nariz não se deu conta.

"Senhor, disse enfim Kovaliov armando-se de coragem, senhor...

– O que deseja?, perguntou o Nariz, virando-se.

– Estou surpreso, senhor. O senhor deveria,

---

9. *O bazar* (Gostinyi Dvor), imenso edifício do século XVIII no qual cada tipo de negócio tinha sua galeria. Ficava situado no centro da cidade, com fachada para a Perspectiva Nevski.

10. Foi na catedral de Notre-Dame de Kazan que Gogol localizou originalmente esta cena; depois, prevendo os humores da censura, propôs a Pogodin, ao oferecer em 1835 sua novela para o *Observador Moscovita* (onde ela foi, aliás, recusada), fazer com que o Nariz entrasse "numa igreja católica". A presença de mendigos no adro da igreja era evidentemente mais plausível neste lugar do que na entrada do Bazar. Mas *O Contemporâneo*, em 1836, teve que enfrentar esta exigência da censura.

pelo que me parece, saber melhor qual é seu lugar... Mas já que o reencontro... Admita que...

– Mil perdões, não consigo entender o que o senhor está querendo dizer. Explique-se..."

"Como lhe explicar?", pensou Kovaliov que, afoito, retomou: "Evidentemente, eu... Mas, enfim, senhor, eu sou major. E eu não saberia, convenhamos, andar por aí sem meu nariz. Que tal aventura aconteça com uma vendedora de laranjas descascadas da ponte da Ascensão, ainda vai! Mas comigo, senhor, eu estou em vias de obter... E depois, sou recebido em inúmeras casas. Mantenho entre minhas relações a Senhora conselheira Tchéktariov, bem como outras damas... Não sei, realmente... Desculpe-me, senhor (aqui o major Kovaliov levantou os ombros), mas, falando francamente, se encaramos a coisa segundo as regras da honra e do dever... Em resumo, convenha que...

– Não compreendo nem uma vírgula, repetiu o Nariz. Explique-se mais claramente.

– Senhor, replicou Kovaliov num tom muito digno, eu não sei que sentido dar as suas palavras... O caso é no entanto bastante claro... Enfim, senhor... o senhor não é meu próprio nariz?"

O Nariz considerou o major com um ligeiro franzir de sobrancelhas.

"O senhor se engana, eu pertenço apenas a mim mesmo. Relações mais estreitas não poderiam existir entre nós. A julgar pelos botões de vosso uniforme, pertencemos a administrações diferentes."

Dito isso, o Nariz virou as costas a Kovaliov, que perdeu a compostura e ficou sem saber o que deveria fazer ou pensar. Neste momento, ouviu-se um agradável frufru; duas damas chegavam. Uma, de alguma idade, coberta de rendas. A outra, bastante miúda, emoldurada por um vestido branco e cujo chapéu amarelo palha tinha a leveza de um suflê. Um criado magrelo e grandalhão, vestido à maneira húngara, cujo rosto era ornado por enormes costeletas e o uniforme por uma boa dúzia de golas, parou atrás delas e abriu sua caixa de rapé.

Kovaliov ajeitou a gola de cambraia de sua camisa, colocou em ordem suas medalhas dependuradas na correntinha de ouro e, sorrindo a sua volta, concentrou toda sua atenção sobre a jovem delicada que, inclinando-se ligeiramente, como uma flor primaveril, ergueu em sua fronte uma mão branca com dedos diáfanos. O sorriso de Kovaliov sumiu ainda mais quando percebeu sob o chapéu um pequeno queixo redondo, de uma brancura fulminante, e uma metade de faces fresca, semelhante a uma rosa de maio. Mas ele recuou de imediato, como um homem que se queimasse: acabara de se lembrar que não tinha nariz! Virou-se para dizer sem meias palavras ao senhor em uniforme que ele usurpava o título de conselheiro de Estado, já que não passava do velhaco do seu nariz. Entretanto, o Nariz tivera tempo de se eclipsar e prosseguia, sem dúvida, o curso de suas visitas.

Este novo contratempo mergulhou Kovaliov no desespero. Retornando sobre seus passos, imobilizou-se por um instante debaixo das colunas e dirigiu seu olhar para todos os lugares em volta, à procura de seu nariz. Lembrava-se muito bem que aquele patife usava um chapéu com plumas e um uniforme bordado em ouro. No entanto, não havia notado nem o corte do casaco, nem a cor do veículo, nem a pelagem dos cavalos, nem o uniforme do lacaio, se havia um lacaio. As tripulações se cruzavam em tão grande número e rodavam com um andamento tão belo que se tornava difícil distinguir um entre os outros. Por outro lado, como pará-lo? Naquele belo dia ensolarado, a Perspectiva estava negra de gente: da ponte da Polícia à ponte Anitchkov, as ondas de senhoras rolavam ao longo das calçadas como uma cascata de flores. Kovaliov reconheceu um conselheiro áulico ao qual atribuiria espontaneamente o posto de tenente-coronel, sobretudo em presença de um terceiro. Viu seu grande amigo Yarykin, chefe do escritório do Senado, que perdia sempre que pedia oito no bóston. Também viu de longe um outro major, que havia igualmente adquirido seu grau no Cáucaso e fez um sinal de que viria em sua direção...

– Deus o livre!, exclamou Kovaliov, saltando num fiacre. – Cocheiro, a galope para a casa do chefe de polícia!"

"Senhor, o chefe de polícia está?, exclamou ao entrar na antecâmara deste alto funcionário.

– Não, respondeu o porteiro, ele acaba de sair.

– Só me faltava esta!

– Um minuto antes e o senhor o encontraria", o porteiro julgou que deveria acrescentar.

Kovaliov, com o rosto ainda enfiado em seu lenço, retornou ao fiacre gritando com uma voz desesperada:

"Ande!

– Aonde?, perguntou o cocheiro.

– Sempre em frente!

– Em frente? Mas estamos num cruzamento. Pego à direita ou à esquerda?"

Esta questão obrigou Kovaliov a refletir. A situação indicava que deveria se dirigir à chefatura de polícia. Ainda que o caso não fosse exatamente de sua competência, esta administração era capaz de tomar mais rapidamente que outra as medidas necessárias. Não era o caso de solicitar satisfação ao diretor do departamento ao qual o Nariz pretendia estar vinculado. As respostas daquele insolente mostravam que não respeitava a nada e a ninguém. O que o impedia de mentir como o havia feito ao simular desconhecer o major? Kovaliov ia dar ao cocheiro o endereço da chefatura de polícia, mas pensou de repente que um sacripanta capaz de se conduzir desde o primeiro encontro de uma maneira tão indigna, poderia, caso lhe dessem tempo, fazer-se ao largo tranquilamente. Então, as buscas durariam um mês inteiro, caso chegassem afinal a algum resultado. Por fim os céus se dignaram a iluminá-lo. Resolveu recorrer à imprensa e publicar nos jornais uma descrição detalhada de seu nariz. Todos os que encontrassem o fugitivo poderiam desta forma trazê-lo de volta ou ao menos lhe indicar onde se encontrava o velhaco. Fez com que o cocheiro o conduzisse ao escritório de anúncios e, ao longo do caminho, não parou de dar murros nas costas do cocheiro.

"Mais rápido, seu bruto! Mais rápido, celerado!

– Eh, senhor", dizia o pobre diabo sacudindo a cabeça e agitando as rédeas de seu pangaré imprestável cujo pelo era tão longo quando aquele de um cão fraldiqueiro.

O fiacre afinal parou. Sem fôlego, Kovaliov se precipitou numa pequena sala onde um funcionário esbranquiçado, vestido com um velho fraque muito usado e portando lunetas, a pena entre os lábios, contava moedas.

"A quem devo me dirigir para fazer um anúncio?, exclamou de pronto Kovaliov. – Ah, perdão, bom dia, senhor!

– Tenho a honra..., respondeu o funcionário esbranquiçado, e ergueu por um instante os olhos para recolocá-los em seguida sobre suas pilhas de moedas.

– Eu gostaria de fazer publicar...

– Se o senhor puder esperar", disse o funcionário anotando uma cifra com a mão direita, enquanto que com a esquerda fazia deslizar uma bola em seu ábaco.

Um empregado de uma grande mansão, a julgar por seu libré galonado e sua aparência bastante discreta, se plantava diante do funcionário, um papel na mão. Ele orgulhava-se de poder mostrar suas boas maneiras.

"Pode acreditar em mim, senhor, o lulu não vale oitenta copeques; eu não daria dez liardes por ele; mas a condessa o adora, sim, senhor, esta é a palavra: ela o adora. Eis porque ela oferece cem rublos a quem o devolver a ela. O que o senhor quer, todos os gostos fazem parte da natureza! Conforme o caso, podemos ter um cão vira-lata ou um cão perdigueiro. Pague quinhentos, pague mil rublos, mas que este animal lhe seja digno."

O bravo funcionário alugou os ouvidos a este discurso com uma careta própria à circunstância, sempre contando as letras do anúncio em questão. Bilhetes na mão, um grande número de empregados, porteiros e velhas esperavam sua vez. Em todos estes bilhetes se vendia alguma coisa: um cocheiro de uma sobriedade perfeita; uma caleça quase nova, trazida de Paris em 1814; uma moça de dezenove anos, lavadeira de profissão, também está apta a realizar outros trabalhos; uma sólida carruagem à qual só faltava uma mola; um jovem cavalo fogoso, cinza, malhado, com a idade de dezessete anos; grãos de nabo e de rabanete recentemente recebidos de Londres; uma casa de campo e suas dependências, ou seja: duas baias para cavalos e um espaço muito confortável para que nele se plante abetos; um lote de velhas sementes vendidas em leilão todos os dias das oito horas da manhã às três horas da tarde.

Toda esta assembleia reunida numa pequena peça tão exígua tornava a atmosfera particularmente pesada. Entretanto, o major Kovaliov não se achava menos incomodado: mantinha seu lenço sobre o rosto enquanto em algum lugar seu nariz passeava... Deus sabe aonde.

"Permita, senhor, estou com muita pressa, disse ele enfim, tomado pela impaciência.

– Já vai, já vai!... Dois rublos e quarenta e três copeques... Já vai! Um rublo e sessenta e quatro copeques, dizia o branquelo jogando os bilhetes no rosto dos porteiros e das velhas... O que deseja?, disse ele dirigindo-se, desta vez, a Kovaliov.

– Eu queria..., declarou este. Veja, não sei se se trata de uma canalhice ou de uma roubalheira...

Queria apenas deixar claro saber que quem quer que traga de volta este patife receberá uma honesta recompensa.

– Seu nome, se me permite?

– Meu nome? Impossível! O senhor compreende, tenho minhas relações. A Senhora conselheira Tchékhtariov, Senhora Podtotchin, Pelagi, Grigorievna, uma viúva de um oficial superior... Imagine todas estas pessoas sabendo subitamente que... Que Deus me proteja!... Escreva simplesmente: um assessor de colegiado, ou melhor ainda, um senhor que tem a patente de major...

– E o fugitivo é um de seus servos?

– Um servo! Trata-se realmente disso! Não, o fugitivo não é outro senão... meu nariz.

– O que diz? Que nome bizarro!! E este senhor *Meunariz* carregou uma soma muito elevada?

– Não, o senhor está fazendo confusão! Meu nariz, senhor, meu próprio nariz deu às de vila-diogo. É o diabo, sem dúvida, que me pregou esta peça!

– Como diachos isso aconteceu? Não compreendo direito.

– Eu não saberia dizê-lo. Ocorre que este senhor exibe-se rodando em carruagens e se faz passar por conselheiro de Estado. Eu lhe peço, pois, que anuncie que qualquer pessoa que colocar a mão sobre ele faça com que ele me seja encaminhado o mais rápido possível. Vejamos, senhor, eu lhe pergunto: o que posso fazer sem este órgão visível? Se se tratasse apenas de um artelho, eu forraria meu pé dentro da bota e ninguém perceberia a sua ausência. Mas, o senhor compreende, vou todas as quintas-feiras visitar a conselheira Tchékhtariov, a Senhora Podtotchin, Pelagi Grigoievna, uma viúva de uma oficial superior e sua encantadora filha são igualmente minhas amigas... Pense a respeito... É impossível que eu me apresente decentemente a elas!..."

O funcionário manteve-se pensativo. Ao menos era o que permitia supor a contração de seus lábios.

"Não, declarou ele após um longo silêncio. Nenhum jornal gostaria de inserir semelhante anúncio.

– Mas por qual razão?

– Porque isso prejudicaria a sua reputação... O senhor compreende, se qualquer um resolve anunciar que seu nariz proclamou sua independência... Os jornais já são criticados por publicarem tantas frivolidades...

– Permita-me, mas não se trata de frivolidades...

– O senhor tem razão. Há não mais de uma semana, aí mesmo onde o senhor se encontra, estava um funcionário desejoso de fazer com que aceitássemos um anúncio... Este anúncio que, me lembro bem, valeria dois rublos e setenta e três, registrava o desaparecimento de um cão d'água preto. Nada mais inocente, não é mesmo? Bem, senhor, acredite caso queira, era uma difamação: o cão d'água designava o tesoureiro de não sei qual administração.

– Mas, no caso de meu anúncio, não se trata de cão d'água. Trata-se de meu próprio nariz, ou seja, trata-se de mim mesmo!

– Não, eu lhe garanto, é impossível!

– Mas meu nariz realmente desapareceu!

– Então, consulte um médico. Alguns são, é o que se diz, muito hábeis em criar o nariz que quisermos. E, pelo que vejo, o senhor é dotado de um espírito jovial. Deve adorar brincadeiras.

– Eu juro que estou dizendo a verdade. Caso não esteja acreditando em mim, posso lhe mostrar.

– Inútil!, objetou o funcionário, cheirando rapé. Mas, afinal, caso isso não o incomode", disse, cedendo à curiosidade.

O major descobriu seu rosto.

"Mas é verdade mesmo!, exclamou o funcionário. Que coisa mais estranha! O lugar está liso e chato como uma panqueca ao sair da frigideira!

– Ainda se recusa a aceitar meu anúncio? É impossível ficar deste jeito, o senhor está vendo! Eu ficarei extremamente agradecido ao senhor e agradecerei a este episódio o prazer de ter permitido que eu o conhecesse."

O major, vê-se, estava decidido a baixar o tom.

"Evidentemente, aquiesceu o funcionário, isso pode ser feito. Mas, a meu ver, tal anúncio não lhe servirá de nada. Melhor seria submeter o caso a um escritor sagaz. Ele o apresentará como um jogo extravagante da natureza e publicará seu artigo na *Abelha do norte* (aqui o funcionário inalou outra vez o rapé) para grande proveito da juventude (aqui o funcionário assoou o nariz) ou, simplesmente, para a grande satisfação dos curiosos."

O major perdeu todas as esperanças. Seus olhos caíram num anúncio de espetáculo, ao pé de uma página de jornal. Ao ler o nome de uma atriz encantadora ele se preparou para sorrir e procurou em seus bolsos uma nota de cinco rublos, pois era corrente que os oficiais superiores não devem se apresentar nas cadeiras. Mas, que pena! A lembrança de seu nariz ausente veio-lhe outra vez na memória...

O próprio funcionário pareceu tocado pela situação embaraçosa de Kovaliov. Desejando amenizar seu sofrimento, julgou conveniente demonstrar-lhe um pouco de simpatia.

"Estou verdadeiramente desolado com o que se passa com o senhor. Posso lhe oferecer uma cafungada de rapé? Isso acalma as dores de cabeça e dissipa os humores negros. Chega a ser excelente contra as hemorroidas."

Falando, o funcionário estendia na direção de Kovaliov a sua caixa de rapé, não sem antes ter feito saltar habilmente a sua tampa, que era ornada pelo retrato de uma dama usando chapéu.

Esta oferta inocente fez o furor do major atingir o auge.

"Mas como!, exclamou, o senhor tem o topete de caçoar de mim! Não está por acaso vendo que me falta justamente o órgão com o qual se cafunga! Ao diabo com o seu sujo tabaco! Estou num estado que me leva a recusar o melhor 'râpé'!"[11]

Com estas palavras, Kovaliov deixou, muito irritado, a agência de anúncios e dirigiu-se de imediato ao comissário do bairro. Ele o encontrou no ato de espreguiçar-se, bocejando e murmurando: "Arhg! Que bela *siesta* acabo de fazer!" O major não poderia ter chegado em hora pior. O comissário gostava muito de encorajar as artes e os ofícios, mas amava ainda mais as promissórias bancárias. "Que existe de melhor?, tinha o costume de perguntar. Uma promissória, isso não ocupa espaço, não exige nenhuma manutenção: sempre podemos enfiá-la no bolso e, caso a deixemos cair, isso não resulta em nenhum mal."

O comissário recebeu Kovaliov muito friamente: não se concede entrevistas em seguida ao

11. Trata-se de um jogo de duplo sentido: "râpé" designa também um tipo de vinho tinto.

jantar; a natureza sabiamente impôs uma rápida *siesta* depois das refeições corporais (assim o comissário mostrava ao major que as máximas dos antigos não lhe eram desconhecidas); por outro lado, um homem de verdade não deixa que lhe arranquem o nariz.

O comissário não media suas palavras. E Kovaliov, registremos de passagem, era muito suscetível. Perdoava a rigor os ataques dirigidos contra sua pessoa, mas não admitia nenhuma falta de respeito dirigida a sua graduação e a sua posição social. Levando-se isso a sério, se poderia permitir aos autores dramáticos ridicularizar os oficiais subalternos sob a condição de impedi-los de atingir os oficiais superiores. A acolhida do comissário desconcertou Kovaliov a tal ponto que ele proferiu, num tom cheio de dignidade, os braços ligeiramente afastados do corpo:

"Após uma reflexão tão descortês, nada mais tenho a acrescentar."

Retirou-se então e voltou a sua casa profundamente abalado. A noite já caía. Após todas estas tentativas infrutíferas, sua residência lhe pareceu de uma tristeza, de uma feiura infinitas. Encontrou na antecâmara seu empregado doméstico Ivan que, afundado num divã de couro sórdido, se exercitava com muito prazer a cuspir no mesmo lugar do teto. Uma tal indiferença redobrou o furor de Kovaliov;

que deu, com o chapéu, um forte golpe na cabeça do patife, gritando:

"Ah, o nojento! Sempre com idiotices na cabeça!"

Ivan pulou do divã e se pôs precipitadamente a retirar o capote de seu patrão.

Uma vez no quarto, o major, vítima da fadiga e da melancolia, se abandonou numa cadeira. Soltou alguns suspiros, depois se permitiu este discurso:

"Meu Deus, meu Deus, por que me enviaste esta calamidade? Se fosse o caso de um braço ou de uma perna, seria no máximo um mal menor. Mas sem nariz um homem não é mais um homem; é um sujeito sem qualquer valor, pronto para ser defenestrado. Se ele houvesse sido perdido ao menos num duelo, ou na guerra, ou por culpa minha!... Mas não! Desapareceu sem mais nem menos, sem pé nem cabeça... Não, repetiu após alguns instantes de silêncio, é inconcebível. Sou um joguete de um pesadelo, de uma alucinação. Sem dúvida bebi, ao invés de água pura, aquela aguardente com a qual fricciono o rosto quando faço a barba. Este imbecil do Ivan terá esquecido de guardar o frasco e eu o engoli por distração."

Para se convencer de que não estava bêbado, o major se beliscou com tanta força que soltou um grito. A dor convenceu-o de que estava em plena posse de todas as suas faculdades. Aproximou-se lentamente do espelho, os olhos semicerrados, na esperança de que, ao abri-los, teria a surpresa de reencontrar o nariz em seu bom e devido lugar. Mas deu um pulo para trás, rosnando:

"Puáh! Que cara suja!"

Era realmente algo que não era capaz de entender. Uma espinha, uma colher de prata, um relógio ou qualquer outro objeto deste tipo, ainda vai! Mas perder o nariz e em sua própria residência!...

Tudo bem considerado, o major Kovaliov persuadiu-se de que o autor do delito não poderia ser outro senão a senhora Podtotchin. Esta pessoa desejava vê-lo casado com sua filha. Ele próprio, na ocasião, cortejara de bom grado a senhorita em questão, mas recuara diante de uma ameaça de um compromisso definitivo. Colocado contra a parede pela mamãe, ele havia repetido seus louvores e declarou que era demasiado jovem: mais cinco anos de serviço, teria então quarenta e dois anos, e então veríamos. Movida por espírito de vingança, a Podtotchin estava decidida a desfigurá-lo, sem dúvida, e havia empregado para tal fim algum sortilégio. Com efeito, o nariz não poderia ter sido cortado: ninguém havia entrado em seu quarto; o barbeiro Ivan Yakovlévitch o havia barbeado na quarta-feira passada; e naquele dia, tanto quanto no seguinte, o nariz continuava em seu lugar. Kovaliov lembrava disso perfeitamente. Ademais, um ferimento deste tipo, sem dúvida muito doloroso, não cicatrizaria tão rapidamente. Muito menos deixaria no lugar a forma chata de uma panqueca. O major ruminava diversos planos de ação. Deveria entrar com uma queixa contra a senhora Podtotchin ou entrar em sua casa para pressioná-la? Um raio de luz que se filtrou através das fendas da porta interrompeu suas meditações e denunciou que Ivan havia acendido uma vela na antecâmara. Logo Ivan surgiu, carregando uma vela, que difundiu uma viva claridade por toda a peça.

O primeiro movimento de Kovaliov foi apanhar seu lenço e disfarçar o local onde, ainda na véspera, se plantava seu nariz. Não gostaria que o velhaco do seu criado ficasse de queixo caído a contemplar o aspecto exótico de seu patrão.

Mal Ivan havia retornado a seu covil, uma voz desconhecida ressoou na antecâmara.

"É aqui que mora o assessor do colegiado, o senhor Kovaliov?"

O major deu um salto.

"Entre! O major Kovaliov está em casa", disse abrindo a porta.

Esta deu passagem a um oficial de belo porte, cujas faces gorduchas se ornamentavam com costeletas nem muito claras nem muito escuras, o mesmo que encontramos no começo de nossa narrativa, na saída da ponte Santo Isaac.

"O senhor perdeu seu nariz?

– Precisamente.

– Pois bem, ele foi encontrado!

– O que está dizendo?", gritou o major Kovaliov, a quem a alegria suprimiu o dom da palavra. Ele devorava com os olhos o oficial que estava a sua frente, sobre os lábios e as bochechas do qual oscilava a luminosidade vacilante da vela. "Como o encontraram?

– Oh, de uma maneira muito estranha! Nós o prendemos no momento em que tentava apanhar a diligência de Riga. Estava de posse de um passaporte com o nome de um funcionário. E o mais estranho é que de início eu o tomei por um cavalheiro! Felizmente eu estava com meus óculos! Isso me permitiu reconhecer que ele não passava de um nariz. Devo lhe dizer que sou míope: o senhor está aí na minha frente, mas enxergo apenas seu rosto, sem distinguir nem seu nariz nem sua barba. Minha sogra, me refiro à mãe de minha mulher, também ela tem a vista fraca."

Kovaliov exultava.

"Onde está ele? Onde está ele? Vou correndo a sua procura!

– Inútil perturbar-se. Sabendo que o senhor estava precisando dele, eu o trouxe. O mais curioso deste caso é que o principal cúmplice é um barbeiro vagabundo da rua da Ascensão! Que agora está na prisão. Há muito eu o tinha como suspeito de roubo e embriaguez. Anteontem ele roubou uma dúzia de botões de uma loja. Seu nariz está, aliás, em perfeito estado."

O oficial remexeu em seu bolso e dele retirou um nariz embrulhado num papel.

"É ele mesmo, gritou Kovaliov, é ele mesmo! Permita que eu lhe ofereça uma taça de chá.

– Aceitaria com grande prazer, mas, infelizmente, não tenho tempo. Devo passar ainda na cadeia... Os gêneros alimentícios, como o senhor sabe, estão inacessíveis... Eu sustento minha sogra, meus filhos. O mais velho, um menino muito inteligente, me dá muitas esperanças. Mas eu não tenho meios de lhes dar instrução..."[12]

Após a partida do oficial, o major permaneceu algum tempo sem conseguir recuperar seus sentidos. A alegria o levara a perder a razão. Ele agarrou em seu punho, com muito cuidado, o nariz reencontrado e o observou atentamente.

"É ele mesmo! É ele mesmo!, disse. Eis aqui, sobre a narina esquerda, a espinha que apareceu ontem!"

---

12. Gogol dera a este episódio a seguinte conclusão, cortada pela censura: "Kovaliov descobriu do que se tratava: vendo uma cédula de dez rublos que repousava sobre sua escrivaninha, ele a enfiou na mão do sujeito. O digno homem lhe fez de imediato uma reverência. Mal ele saíra, Kovaliov escutou-o repreender com a voz e com um soco um mujique paspalho que havia tido o descaramento de conduzir sua charrete na avenida.

O major estava a ponto de dar gargalhadas. Mas nada é durável neste mundo. Depois de um momento, a alegria perdeu sua vivacidade. Um minuto a mais e eis que se torna mais fraca. Ela se funde assim passo a passo com nosso estado de alma habitual, como um círculo provocado pela queda de uma pedra se dilui na superfície da água.

Entretanto, refletindo a respeito, o major percebeu que nem tudo estava consumado. Não bastava haver encontrado o nariz, era preciso agora recolocá-lo no lugar.

E se ele não se ajustasse?

Diante desta questão que colocou para si mesmo, o major empalideceu. Sob o peso de um medo indizível, as mãos trêmulas, ele se precipitou na direção do espelho de sua penteadeira. Corria o risco de colocar seu nariz atravessado! Docemente, com precaução, ele o colocou em seu antigo lugar. Horror! o nariz não queria fixar-se!... Ele o aproximou de seus lábios, aqueceu-o com seu hálito, aplicou-o sobre a superfície lisa que havia entre as duas bochechas. Tempo perdido, o nariz continuava sem fixar-se!

"Vamos! Vamos! Volta ao teu lugar, animal!", dizia o major, mas o nariz parecia surdo e caía a cada tentativa sobre a mesa, emitindo um som estranho, como se ele fosse de cortiça.

"Não quer nunca mais voltar a teu lugar?" gritava o major, a expressão contraída. E, quanto mais o recolocava no lugar, menos o nariz queria aderir a seu rosto.

Em desespero de causa, Kovaliov mandou procurar o médico que morava no primeiro andar, no melhor apartamento do edifício. Este homem com uma bela cara possuía costeletas de ébano e uma mulher apetitosa. Comia batatas cruas e todas as manhãs passava três quartos de hora a fazer gargarejos e a escovar os dentes com cinco escovas diferentes. Não tardou a se fazer presente e perguntou antes de mais nada quando havia ocorrido o acidente. Depois ele levantou o queixo do major e lhe aplicou um piparote no lugar onde deveria estar o nariz. A violência do golpe fez com que Kovaliov recuasse, batendo com a cabeça contra a parede. O esculápio aconselhou-o a não dar muito valor a este detalhe, afastando ligeiramente a cabeça da parede. Ele fez então com que ela girasse, primeiro à direita, depois à esquerda, apalpando a cada giro o lugar onde deveria estar o nariz e murmurando: “Hum!” Finalmente, lhe deu um segundo piparote. Desta vez Kovaliov jogou a cabeça para trás como um cavalo ao qual inspecionamos os dentes. Depois deste exame, o homem das artes médicas balançou a cabeça e declarou:

“Fique como está para evitar complicações. Podemos é claro recolocar seu nariz no lugar, eu tratarei disso com prazer, mas, eu lhe digo novamente, será pior para o senhor.

– Mas como?, disse Kovaliov. Que situação pode ser pior do que a minha? Que pretende que eu venha a ser sem nariz? Onde irei parar, entregue a esta fatalidade? Por outro lado, eu sou muito solicitado em todas as partes. Hoje mesmo devo assistir a duas festas. Tenho muitas relações: a senhora Conselheira Tchékhtariov, a senhora Podtotchin, a viúva de um oficial superior... É verdade que doravante não frequentarei mais esta última. Depois de tais atitudes, eu não manterei mais relações com ela a não ser por intermédio da polícia... Mas, enfim... Vejamos, doutor, continuou Kovaliov com uma voz suplicante, não há mesmo algum modo? Dê um jeito, de uma forma ou de outra. A rigor e em caso de perigo, eu posso segurá-lo com a mão. Como aliás eu não danço, não há razão para temer algum gesto imprudente... No que concerne a seus honorários, esteja certo de que, na medida dos meus recursos, eu...

– Veja bem, replicou o médico com uma voz muito persuasiva, veja bem, eu não exerço a medicina movido pela busca do lucro. Isto seria contrário a meus princípios e à dignidade de minha arte. Se exijo pagamento por minhas visitas, é unicamente para não fazer às pessoas a afronta de uma recusa. Eu poderia, é certo, recolocar seu nariz no lugar, mas eu juro sobre minha honra que sua situação, a seguir, só piorará. Deixe agir a natureza. Faça abluções frequentes com água fria. Eu lhe garanto que, sem nariz, se sairá tão bem quanto se tivesse um. Quanto a seu nariz, eu o aconselho a colocá-lo num recipiente e conservá-lo num pouco de vinagre morno, após ter nele colocado duas colheres de sal. O senhor poderá inclusive obter por ele uma soma bastante tentadora. Eu seria o primeiro a comprá-lo, caso o amigo não peça muito caro.

– Não, não!, gritou o major exasperado. Não o venderei jamais ao senhor. Prefiro que fique comigo.

– Como quiser, disse o prático, despedindo-se. Eu gostaria de lhe ser útil, o senhor não o deseja. É um problema seu. Ao menos creio ter feito todo o possível pelo senhor."

Com estas palavras, ele se retirou com um ar de grande dignidade, ao qual Kovaliov, completamente desamparado, não prestou a devida atenção: foi com muito custo que o infeliz notou o punho de uma brancura de neve que se destacava sob o paletó negro do esculápio.

No dia seguinte, o major tomou a decisão de fazer uma tentativa de reconciliação: a Senhora Podtotchin talvez lhe desse uma satisfação sem maiores escândalos. Pensando nisso, lhe escreveu a seguinte carta:

"Estimadíssima senhora Alexandrina Grigorievna,

Eu não consigo entender sua maneira de agir. A senhora com isso não ganharia nada. Tal atitude não seria capaz de me constranger a desposar a vossa filha. Pois o caso está esclarecido: vós sois sua principal instigadora. O desaparecimento súbito de meu nariz, sua fuga, seu disfarce sob forma de um funcionário, sua reaparição sob suas verdadeiras formas, são resultados de sortilégios operados pela Senhora ou por pessoas que lhe prestam seus serviços para tão nobres feitos. Creio ser necessário lhe prevenir que se meu nariz não retomar hoje mesmo a seu lugar, eu me sentirei obrigado a recorrer à proteção das leis.

Desta forma, tenho a honra de ser, senhora, com um profundo respeito,

Vosso devotado servidor,

PLATON KOVALIOV."

"Estimadíssimo Platon Kouzmitch,

Sua carta teve o poder de me estarrecer. Eu jamais esperei tais críticas de sua parte. Jamais recebi, quer seja disfarçado, quer sob sua aparência real, o tal funcionário ao qual o senhor se refere. Felipe Ivanovitch Potantchikov tem frequentado, é bem verdade, minha casa e tenta obter a mão de minha filha. Entretanto, apesar de seus modos refinados, sua sobriedade, sua instrução, jamais lhe dei a menor esperança. O senhor me fala de uma história de um nariz. Se por acaso entende por isso que eu tenha lhe virado o nariz, em outras palavras, que o senhor tenha sofrido uma rejeição de minha parte, permita que lhe diga que se trata precisamente do contrário. Sempre lhe concedi, e continuo a lhe conceder, a mão de minha filha – é o mais caro de meus desejos. E, nesta esperança, tenho a honra de ser

Sua devotada amiga,

ALEXANDRINA PODTOTCHIN."

"Não, disse a si mesmo Kovaliov depois de ler esta carta, não, ela não é a culpada! Impossível! Não reconheço nestas palavras o estilo de uma criminosa."

O assessor, que havia realizado no Cáucaso mais de uma investigação, era um conhecedor destes assuntos.

"Mas, então, como isso pôde acontecer? Só o próprio diabo poderia ter desencadeado o episódio!", exclamou ele, finalmente deixando cair seus braços, rendido ao desespero.

Entretanto, esta singular aventura fazia, não sem passar pelos acréscimos costumeiros, o giro da capital. Os espíritos estavam voltados para o sobrenatural. Recentes experiências com o magnetismo haviam apaixonado a população. A história das cadeiras circulantes da rua das Grandes Estrebarias ainda estava presente em todas as memórias. Desta forma, não faltou muito para que se pretendesse que o nariz do assessor Kovaliov passeava diariamente às três horas na Perspectiva. Os curiosos afluíam. Tendo alguém afirmado que o nariz se encontrava na casa de Junker, formou-se em frente a esta loja uma multidão tão considerável que a polícia precisou interferir. Um especulador, um sujeito que habitualmente vendia bolos secos na porta dos teatros e a quem não faltava uma boa aparência, graças a costeletas bem fornidas, fabricou incontinente sólidas banquetas que alugava aos curiosos ao preço de oitenta copeques por lugar. Atraído por este falso ruído, um bravo coronel aposentado saiu de sua casa mais cedo do que de costume e abriu com muito esforço um caminho no meio da multidão. Ao invés do nariz, ele viu na vitrine um vulgar colete de lã, bem como uma litografia que lá se encontrava exposta há mais de dez anos, a qual representa um janota com barbicha e um colete, espreitando por detrás de uma árvore uma jovem que está vestindo suas meias. O coronel não escondeu sua decepção e se retirou resmungando:

"Que ideia! Espalhar boatos tão estúpidos, de tal forma inverossímeis!"

Outros fofoqueiros juraram então que não fora na Perspectiva, mas no Jardim Tauride que passeava o nariz do major Kovaliov. E isso não fora ontem. Quando Khozrev-Mirza[13] aí residia, este fenômeno da natureza o intrigara profundamente. Muito alunos da escola de cirurgia iam então ver do que se tratava. Uma grande dama respeitável escreveu ao guardião do jardim que pretendia mostrar a suas crianças este raro fenômeno, pedindo-lhe, se possível, algumas de suas explicações, de hábito tão úteis à juventude.

Todos estes acontecimentos divertiam muito os frequentadores das recepções mundanas, que se encontravam justamente carentes de anedotas com as quais distrair as damas. Em troca, um pequeno número de pessoas bem pensantes não escondia seu descontentamento. Um senhor se indignava muitíssimo: como, em um século de tal modo esclarecido, se podia propagar tamanhas tolices, e por que o governo não colocava ordem na casa? O dito senhor pertencia à categoria dos indivíduos que gostariam de ver o governo intervindo em tudo, mesmo nas disputas que mantém cotidianamente com suas mulheres[14].

---

13. Almirante do Império Otomano sob o sultão Mahmud (mais tarde grande vizir), esteve em Petersburgo em 1829 como embaixador extraordinário após o assassinato de Brigoïédov em Teerã, quando se hospedou no palácio de Tauride.

14. A partir daqui começa o texto da versão definitiva, a terceira, aquela que foi publicada nas *Obras* reunidas em 1843. A versão primitiva, que consta do manuscrito que Gogol submeteu ao *Observador* Moscovita em 1835, terminava assim:

"Todos estes ruídos, o pobre assessor de colegiado deles (cont.)

(cont.) teve conhecimento sem que ele próprio soubesse como, não saindo quase nunca de seu quarto... Não deixava que ninguém entrasse, e não era visto em parte alguma, nem mesmo no teatro, fosse qual fosse a comédia musical que levasse. Nem mesmo jogava bóston, não via nem mesmo seu grande amigo Yarychkin, e em um mês ele emagreceu e secou a ponto de parecer muito mais com um cadáver do que com um homem, e até...

De resto, tudo isso que acaba de ser contado o major o viu em sonho. E quando despertou, foi tomado por uma tal alegria que saltou do leito, correu a seu espelho e, vendo tudo em seu lugar, começou a dançar vestido com seu camisolão através do quarto, uma dança que misturava um pouco de quadrilha e de mazurca. E quando seu lacaio Ivan enfiou a cabeça junto à porta para ver o que estava fazendo seu patrão, ele gritou: "Vá embora! O que te parece tão espantoso?" Ao cabo de um minuto, ele vestiu-se, sentou-se em seu leito e gritou: "Ei, Ivan! – O que deseja, senhor? – Diga-me, por acaso não esteve aqui uma senhorita à procura do major Kovaliov, uma bela e graciosa senhorita? – Não, senhor. – Hum!", fez o major Kovaliov, que voltou todo sorridente para seu espelho."

A segunda redação, que foi publicada pelo *O Contemporâneo* em 1836, era a seguinte:

"Depois de tudo isso e de um modo perfeitamente inexplicável, aconteceu que o nariz do major Kovaliov reapareceu em seu lugar. Isso se deu no início de maio, dia 5 ou 6, já não me lembro. O major Kovaliov, levantando-se pela manhã, apanhou um espelho e viu que o nariz estava lá onde convém, entre as duas bochechas. Surpreso, deixou cair o espelho e ele não pôde evitar apalpar-se com os dedos para garantir que estava realmente lá um nariz. Mas quando ele estava de fato convencido de que era efetivamente ele e não outra coisa, ele saltou do leito em camisolão e começou a dançar através do quarto uma dança que combinava passos de mazurca, quadrilha e *trépak*. Depois ele pediu suas roupas, lavou-se, cortou sua barba, que começava a crescer a tal ponto que poderia ser usada como escova de roupa, e alguns minutos após via-se já o assessor de colegiado na Perspectiva Nevski, dirigindo a todos olhares alegres; muitos foram aqueles que o viram fazendo no Bazar a aquisição de estreita fita de alguma ordem, não se sabe para qual finalidade, já que não tinha nenhuma.

História extraordinariamente estranha! Não sou capaz de entendê-la de modo algum. E por que tudo isso? Com o que isso rima? Estou certo de que mais da metade desta história é inverossímil. Não pode acontecer de modo algum que um nariz, por sua própria vontade, (cont.)

Então... Mas novamente a aventura se perde numa névoa tão espessa que ninguém jamais pode desvendá-la.

III

Acontecem neste mundo coisas das quais a verossimilhança foi banida. Um belo dia, este famoso nariz, que passeava disfarçado de conselheiro de Estado e fazia com que tantos falassem dele, se reencontrou, como se nada houvesse acontecido, em seu antigo lugar, ou seja, entre as duas bochechas do major Kovaliov. O evento se deu no dia 7 de abril. Ao levantar-se, o major lançou por acaso um olhar

(cont.) vá circular uniformizado, ainda mais com o grau de conselheiro de Estado! Depois, Kovaliov não poderia se dar conta de que não se procura um nariz através de anúncios em jornal? Não quero com isso dizer que acho este um procedimento caro: é uma bagatela, e não sou destes que olham para as despesas. Mas é inconveniente, claramente inconveniente, isso não se faz. Incoerente e nada mais! Ademais, este barbeiro Ivan Yakovlévitch que aparece súbito e da mesma forma desaparece, sem que saibamos por que e com qual finalidade! Eu confesso ao senhores, não consigo entender como pude escrever estas coisas! Mesmo para mim isso ultrapassa a compreensão que os autores possam ter de assuntos semelhantes. A que isso leva? Que finalidade tem? O que pretende demonstrar esta narrativa? Eu não compreendo, eu absolutamente não compreendo. Convenhamos, a fantasia não conhece leis, e além do mais efetivamente ocorrem no mundo muitos acontecimentos perfeitamente inexplicáveis. Mas aqui... Que faz aí o nariz de Kovaliov?... E o que faz aí o próprio Kovaliov?... Não, eu não o compreendo, não compreendo absolutamente. É para mim de tal forma inexplicável que eu... Não, impossível compreender!"

a seu espelho e se deu conta do retorno de seu nariz. Ele o apalpou. Era ele mesmo.

"Bah!", gritou Kovaliov que, em sua alegria, teria dançado, os pés descalços, um *trépak* endiabrado ao longo de seu quarto se a chegada de Ivan não o houvesse inibido. Ele pediu de imediato água para suas abluções. Ao lavar-se, olhou-se novamente: o nariz continuava lá! Observou-se mais uma vez após assoar-se: o nariz persistia em seu lugar!

"Diga-me, Ivan, é certo que tenho uma espinha no nariz?, perguntou ele, imaginando com ansiedade: E se Ivan me disser: – Uma espinha? Mas não, senhor, já que o senhor não tem nariz!"

Mas Ivan respondeu:

"Nem sinal de espinha, senhor, seu nariz está absolutamente limpo."

"Tudo bem! Tudo bem! Homessa!", exclamou o major fazendo estalar os dedos.

Neste momento surgiu na porta do quarto o barbeiro Ivan Yakovlévitch, apavorado como um gato que acabou de apanhar por ter roubado toucinho.

"De início e antes de mais nada, estás com as mãos limpas?, lhe gritou de longe o major Kovaliov.

– Sim, senhor.

– Estás mentindo!

– Palavra de honra, senhor!

– Tome cuidado!"

Kovaliov sentou-se. Ivan Yakovlévitch passou uma toalha em torno de seu pescoço e, em um minuto, o transformou, com golpes de pincel de barba no queixo, depois nas bochechas, num bolo coberto de creme semelhante àqueles que se serve nos dias de festas.

"Muito bem!", disse a si mesmo olhando o nariz, após o que inclinou a cabeça para o outro lado, contemplando-o de viés. "Eis que está de volta, o bandido!" Após dedicar-se um bom tempo à contemplação do nariz, ergueu dois dedos para pegá-lo pela ponta com todas as precauções costumeiras. Este era o seu método.

"Atenção, todo cuidado é pouco!", gritou-lhe Kovaliov.

Ivan Yakovlévitch deixou cair seus braços, intimidado como jamais se sentira antes. Enfim, ele se pôs a raspar prudentemente o queixo do major. Ainda que sentisse uma grande dificuldade de barbear seus clientes sem segurá-los por seu órgão olfativo, ele conseguiu, apoiando o polegar cheio de calos sobre a bochecha e a gengiva de Kovaliov, cumprir sua tarefa embora com um grande esforço.

Kovaliov vestiu-se às pressas, saltou num fiacre e fez com que o conduzissem ao café.

"Garçom, um chocolate!", gritou já ao entrar. Uma olhadela num espelho lhe permitiu constatar de imediato a presença do nariz. Virou-se todo feliz e lançou, piscando, um olhar sarcástico na direção de dois militares, dos quais um tinha o nariz não maior do que um botão de colete.

Em seguida dirigiu-se ao escritório onde pleiteava um cargo de vice-governador e, em caso dc recusa, um lugar de inspetor. Ao atravessar a antecâmara, olhou-se no espelho: o nariz continuava lá.

Depois foi visitar um outro assessor ou major, um grande gozador, cujas piadas faziam com que ordinariamente replicasse: "Eu te conheço, língua ferina!" A caminho, disse a si mesmo: "Se o major não cair na gargalhada ao me ver, significará que tudo está bem." O major não deu um pio. "Está bem, está bem," repetiu Kovaliov.

Ele reencontrou a Senhora Podtotchin e sua filha. Estas damas responderam a seu cumprimento com alegres exclamações, prova de que tudo ia bem. Empreenderam uma longa conversa. Kovaliov apanhou sua caixa de rapé e estufou conscienciosamente as duas narinas resmungando: "Pois bem, belas senhoras! E vocês tentaram inutilmente, eu não casarei com a garota..., se não for com a mão esquerda... "[15]

Depois disso, o major Kovaliov se fez presente em todos os lugares, tanto no passeio quanto no

15. "*De la gauche*": mancebia.

teatro. E seu nariz permaneceu plantado no lugar de direito, como se jamais tivesse alimentado a fantasia de ir pavonear-se em outros lugares. Além do mais, o major Kovaliov mostra-se sempre de bom humor; persegue, o sorriso permanente nos lábios, todas as garotas bonitas. Foi até visto certa ocasião no Bazar comprando a fita de não sei qual ordem, coisa aliás surpreendente, pois ele não é cavalheiro de ordem alguma.

Tal é a aventura que teve por teatro a capital setentrional de nosso vasto império. Se refletirmos bem a respeito, muitos detalhes desta história parecem inconcebíveis. Sem falar do desaparecimento, verdadeiramente sobrenatural, do nariz e de sua reaparição em diversos lugares sob a forma de conselheiro de Estado, e de como Kovaliov pôde pensar em reclamar seu nariz por meio dos jornais. Não falo do custo do anúncio – que não me incluam entre os avaros! –, mas de sua inconveniência, de sua imodéstia! E ademais, como o nariz pode surgir subitamente dentro de um pão fresco? Como Ivan Yakovlévitch... Não, isso não se sustenta de pé, eu não o compreendo de modo algum... Mas, o que há de mais estranho, de mais extraordinário, é que um autor possa escolher semelhante assunto... Eu o confesso que isto é, deste modo, absolutamente inconcebível, é como se... não, não, desisto de compreender. Primeiramente, isso não tem absolutamente nenhuma utilidade para a pátria. Em segundo lugar... mas igualmente em segundo lugar, não tem nenhuma utilidade. Em resumo, não tenho a menor ideia do que se trata...

E entretanto, apesar de tudo, ainda que, certamente, possamos admitir que isso e aquilo, e ainda uma outra coisa, talvez mesmo... e depois enfim o que e onde não existem incoerências? E, ademais, tudo bem considerado, é verdade que em tudo isso há alguma coisa. Por mais que se diga, aventuras como esta acontecem neste mundo, sendo raras, mas acontecem.

(1835-36)

Diário de um louco

3 de outubro

Hoje aconteceu comigo algo de muito estranho. Levantei bastante tarde e, quando Mavra trouxe minhas botas engraxadas, perguntei a ela que horas eram. Quando me disse que já eram dez horas, vesti-me rapidamente. Confesso que jamais iria ao ministério caso soubesse antecipadamente com que careta azeda me receberia o chefe de nossa seção. Faz um bom tempo que ele me diz: "Como é possível que tu tenhas sempre uma tal confusão na cabeça, irmão? Certos dias te agitas como um possesso, fazes um tal estrago que o próprio diabo não daria um jeito nisso, escreves um título em letras minúsculas, não indicas nem a data nem o número". Que sujeito desagradável! Certamente tem ciúmes de mim, pois trabalho no gabinete do diretor e aponto as penas de Sua Excelência... Enfim, não teria ido ao ministério caso não tivesse a esperança de ver o tesoureiro e de subtrair deste judeu nem que fosse o menor adiantamento sobre meu salário. Que criatura este outro! O Julgamento Final chegará antes que ele faça qualquer adiantamento sobre seu salário, Senhor! Podes suplicar, ficar de quatro, mesmo se estiveres na miséria ele não te dará nada, o velho demônio! E quando pensamos que, na casa dele, a cozinheira lhe dá bofetadas! Todo mundo sabe disso.

Não vejo qualquer motivo para se trabalhar num ministério. Isso não leva a nada. À regência da província, à câmara cível ou à câmara de finanças[1], mas isso já é outra história: vemos aí quem se escamoteia pelos cantos a rabiscar. Usam paletós imundos, têm uma tal carranca que nos dá vontade de vomitar, mas é preciso ver as casas de campo nas quais eles moram! Nem pensar em lhes oferecer taças de porcelana como presente. Eles dirão: "Este é um presente para um doutor", mas uma parelha de cavalos trotadores, um manto de castor de trezentos rublos, isso sim, pode ir fundo! Ao vê-los, fazem uma cara tranquila, e dizem de uma maneira muito refinada: "Permita que eu aponte sua pena com meu canivete" – e em seguida eles esfolam tão bem o solicitante que não lhe resta mais do que sua camisa. É verdade que entre nós, em contraposição, o serviço é reconhecido: em qualquer lugar uma limpeza tal que jamais veremos semelhante na direção das províncias: mesas de mogno e todos os chefes se tratam como "vos". Sim, eu o reconheço: caso eu

1. Regência da província: principal órgão executivo e judiciário da província, abaixo do governador, assistida por uma câmara de finanças e por uma câmara civil (para a justiça). São ainda as instituições de Catarina II que, em 1775, dividiu a Rússia em cinquenta províncias.

não usufruísse da distinção do serviço, há muito já teria deixado o ministério.

Vesti meu velho capote e apanhei meu guarda-chuva, pois chovia a cântaros. Ninguém nas ruas: cruzei apenas com mulheres que se protegiam da chuva cobrindo-se com os panos de suas próprias vestes, comerciantes russos[2] por debaixo de seus guarda-chuvas e cocheiros. De nobre, havia apenas um funcionário que, tal como eu, perambulava por lá. Eu o entrevi no corredor. Ao vê-lo, disse a mim mesmo: "Eh! Eh! Meu querido, tu não vais ao ministério, tu apressas teus passos atrás daquela que corre lá adiante e olhas as pernas dela". Como somos nós, nós, os funcionários! Garanto que, se uma dama de chapéu surge mostrando apenas a ponta de seu nariz, nós passamos infalivelmente ao ataque!

Enquanto pensava essas coisas, vi uma caleça parar em frente à fachada da loja pela qual passava. Reconheci-a imediatamente: era a caleça de nosso diretor. "Mas ele não tem o que fazer nesta loja, disse a mim mesmo. Sem dúvida deve ser sua filha." Escondi-me junto à parede. O criado abriu a portinhola e ela bateu asas de dentro da caleça como um pássaro. Lançou um olhar à direita, outro à esquerda,

2. Quer dizer, vestidos à moda russa: cafetã (túnica longa, ricamente bordada), pele de cordeiro, calçando botas. Aqueles que haviam adotado vestimentas europeias estavam vestidos "à alemã".

percebi num átimo seus olhos, suas sobrancelhas... Senhor meu Deus! Eu estava perdido, perdido! Que ideia sair numa chuva daquelas! Julgo que as mulheres têm paixão por todos estes trapos. Ela não me reconheceu e além disso eu me esforçava por me dissimular da melhor maneira que era possível, pois meu capote estava muito sujo e, ademais, fora de moda. Hoje se usa casacos com golas enormes, enquanto o meu tem golas curtas. Além disso, de um tecido malconservado.

Sua cadelinha, que não chegou a alcançar a entrada da loja, ficara na rua. Eu conhecia aquela cadelinha. Ela se chamava Medji. Mal se passara um minuto e eu ouvi súbito uma voz delicada: "Bom dia, Medji!" Quem dissera aquilo? Olhei a meu redor e vi duas damas que passavam sob uma sombrinha: uma, velha, outra, jovem. Mas elas já haviam passado e, a meu lado, a voz tornou a ecoar: "Não tens vergonha, Medji!" Que brincadeira! Vejo Medji farejando o cão que acompanhava as damas. "Eh! Eh! disse a mim mesmo, será que não estou bêbado?" Não, isso me acontece raramente. "Não, Fiel, estás enganado (vi com meus próprios olhos Medji pronunciar estas palavras), eu estava, au! Au! Eu estava, au! Au! Au! Muito doente." Vejam só este cachorro! Confesso que fiquei estupefato ao ouvi-lo falar como um ser humano. Apenas mais tarde, após haver refletido o bastante a respeito de tudo aquilo, deixei de me surpreender.

Com efeito, já se observou um grande número de exemplos semelhantes. Parece que na Inglaterra foi visto um peixe que saiu da água e disse duas palavras numa língua tão estranha que há três anos os sábios se debruçam sobre o problema sem ter descoberto coisa alguma. Li também nos jornais que duas vacas haviam entrado numa butique para comprar uma libra de chá. Mas reconheço que eu fiquei muito mais surpreso quando Medji disse: "Eu te escrevi, Fiel. Desconfio que o Centauro não te entregou minha carta!"

Jamais em minha vida ouvi dizer que um cão pudesse escrever! Só um nobre pode escrever corretamente[3]. Claro, há também empregados de lojas e mesmo servos que são capazes de rabiscar de tempo em tempos, preto sobre o branco, mas sua escrita no mais das vezes é mecânica. Nem vírgulas, nem pontos, nem estilo.

Fiquei portanto estupefato. Confesso que, desde algum tempo, tenho muitas vezes escutado e visto coisas que ninguém jamais viu ou escutou. "Vamos lá, disse a mim mesmo, vou seguir aquela cachorrinha e saberei quem ela é e o que ela pensa." Abri meu guarda-chuva e ajustei meus passos aos

3. A censura cortou esta frase, que só foi restabelecida na edição Tikhonravov.

das duas damas. Elas seguiram pela rua das Ervilhas, viraram na rua dos Burgueses, depois na rua dos Marceneiros, na direção da ponte Kokuchkin[4] e pararam diante de uma grande mansão.

"Conheço esta residência, pensei, é a casa de Zverkov." É um verdadeiro quartel! Aí vive toda espécie de gente: cozinheiras, viajantes! E funcionários iguais a mim empilhados uns sobre os outros como cachorros! Tenho aí um amigo que toca lindamente um trumpete. As senhoras subiram então ao quarto andar. "Está bem, eu me disse, por hoje fico por aqui, mas vou guardar o endereço e farei uso dele quando chegar a ocasião."

4 de outubro

Hoje é quarta-feira, por isso fui ao gabinete de nosso chefe. Fiz questão de chegar antes da hora; me instalei e aparei todas as pontas de suas penas.

Nosso diretor é certamente um homem muito inteligente. O seu gabinete está totalmente tomado por uma biblioteca cheia de livros. Li os títulos de alguns deles: tudo isso é instrução, mas uma instrução que não está ao alcance de homens da

---

4. Dava-se às casas o nome de seu proprietário. O próprio Gogol morou na casa Zverkov no canal Catarina, na esquina da rua dos Marceneiros. Era, pelo que parece, a mais alta de Petersburgo, com quatro andares. Ponte Kokuchkin, canal Catarina – o mesmo bairro de Raskolnikov em *Crime e castigo*.

minha laia: sempre em alemão ou em francês. E quando o olhamos: que gravidade brilha em seus olhos! Nunca o vi pronunciar uma só palavra que fosse inútil. Quando lhe entregamos um papel, ele pergunta:

"Que tempo está fazendo?

– Úmido, Sua Excelência!"

Ele não é da mesma massa que nós. É um homem de Estado. Noto, por outro lado, que ele tem por mim uma afeição particular. Se sua filha, ela também... Eh, que canalhice!.. Está bem, está bem... Eu me calo!

Li *A abelha do norte*[5]. Como são imbecis estes franceses![6] O que será que eles querem? Palavra que farei com que sejam punidos com severidade. Li também num jornal a notícia de um baile descrito com graça por um proprietário de Kursk. Os proprietários de Kursk escrevem bem. Depois disso, vi que era meio-dia e meia passada e nosso chefe não saíra ainda de seus aposentos. Mas, perto de uma hora e meia deu-se um incidente que nenhuma pena pode descrever. A porta se abriu: acreditei que fosse o diretor e me levantei de imediato, com meus papéis

5. *A abelha do norte*, jornal político e literário fundado em 1825, transformado em diário a partir de 1831. Não havia nele artigos de fundo, mas podia-se encontrar muitos detalhes sobre a vida da província: incêndios, bailes, fatos curiosos etc.

6. Alusão aos distúrbios decorrentes da revolução de 1830.

nas mãos. Ora, era ela, ela mesma! Santos do paraíso, como estava bem vestida! Usava um vestido branco como a plumagem de um cisne: um esplendor! E a olhadela que ela me dirigiu! Um sol, por deus, um verdadeiro sol!

Ela me dirigiu um rápido cumprimento e me disse: "Papai não está?" Ai, ai, ai! Que voz! Um canário, tão verdadeiro quanto o fato de eu estar lá, um canário! "Sua Excelência, eu quis dizer, não me puna, mas se por acaso for de seu gosto, castigue-me com sua pequena e augusta mão." Mas, o diabo me carregue!, minha língua se enroscou e eu respondi apenas: "N-não".

Ela dirigiu um olhar a mim, depois aos livros e deixou cair seu lenço. Eu me precipitei, resvalei naquele maldito parquê e pouco faltou para que eu ficasse sem nariz; mas me agarrei e apanhei o lenço. Santos anjos, que lenço! Em linho finíssimo... de âmbar, não há outra palavra. Sem mentira, cheirava a aristocracia! Ela me agradeceu com um leve sorriso que entreabriu ligeiramente seus doces lábios e deixou a peça.

Eu fiquei lá por mais de uma hora. Súbito, um criado veio me dizer: "Volte para sua casa, Auxence Ivanovitch, o chefe já se foi!" Eu não suporto essa turma dos criados: eles estão sempre chafurdando nas antecâmaras e não se dignam nem mesmo a lhe dirigir um movimento de cabeça. E se fosse só isto!

Um dia um destes brutos me ofereceu tabaco sem sair de seu lugar! Sabes, escravo estúpido, que eu sou um funcionário de origem nobre? Pouco me importando com o que se passava, apanhei meu chapéu, vesti o meu capote, pois estes senhores não o estendem jamais, e saí.

Já em casa, fiquei deitado em minha cama durante quase todo o dia. Depois transcrevi novamente uns belos versos:

Uma hora passada longe de minha querida
Dura para mim tanto quanto um ano.
Se devo odiar minha vida,
A morte será meu doce engano.

Foi sem dúvida Puchkin[7] que escreveu isso.

À noite, embrulhado em meu capote, fui até a escadaria de Sua Excelência e fiquei de campana por um bom tempo: se ela saísse para pegar um carro, eu poderia olhá-la rapidamente mais uma vez... mas ela não apareceu.

6 de novembro

Nosso chefe de sessão desembestou. Quando cheguei ao ministério ele me chamou e fez o seguinte comentário:

"Diga-me, por favor, o que fizeste.

– Como? Não fiz nada, respondi.

---

7. Na verdade, trata-se de um obscuro poeta do século XVII, N. P. Nikolev.

– Vamos lá, pense bem. Já passaste dos quarenta, não é mesmo? É tempo de ter juízo! O que estás pensando? Achas que não estou sabendo de todas as tuas molecagens? Agora destes para cercar a filha do diretor? Olha bem para ti, pensa um minuto naquilo que tu és! Um zero, não mais do que isso. E não tens um tostão. Te olha no espelho só por um instante, será que não te enxergas?"

Com mil diabos! Sua cara se parece com um frasco de boticário: tem no topo da cabeça um tufo de cabelos afivelados num topete, que se mantém no ar rebocado por uma espécie de pomada, e a ele parece que tudo é permitido! Compreendo muito bem porque ele quer me pegar. Está com ciúmes; talvez tenha surpreendido os sinais de bem-aventurança muito especiais que me foram concedidos. Mas eu o desprezo! Que belo papel para um conselheiro palaciano![8] Dependurou uma corrente de ouro a seu relógio, encomenda botas de trinta rublos... e daí?... que o diabo o carregue! E eu, será que meu pai era um plebeu, alfaiate, suboficial? Eu sou nobre. Também eu posso subir hierarquicamente. Por que não? Tenho apenas quarenta e dois anos: nos tempos de hoje é a idade na qual mal se está começando uma carreira. Espere, meu amigo! Nós também, nós nos tornaremos coronel, até mesmo alguma coisa de me-

8. Conselheiro áulico: funcionário da 7ª classe cujo título corresponde ao grau de tenente-coronel.

lhor, Deus o permita. Construiremos uma reputação ainda mais lisonjeira do que a tua. Afinal, enfiaste na cabeça que não existe um só homem decente além de ti. Que me deem apenas um fraque das casas Routch[9], que eu coloque uma gravata igual a tua, que não chegarás a meus pés. Eu não tenho dinheiro, aí é que está o problema.

8 de novembro

Fui ao teatro. Apresentavam *Filatka*, o bobo russo[10]. Ri muito. Havia também uma comédia musical com versos divertidos sobre os procuradores de justiça, em especial sobre um registrador de colégio eleitoral[11]. Eram versos na verdade muito indecorosos e eu fiquei surpreso que a censura os tenha deixado passar. Quanto aos comerciantes, dizem que eles enganam deliberadamente as pessoas e que suas filhas se enfeitam de forma provocativa e se insinuam entre os nobres. Há também uma estrofe muito cômica sobre os jornalistas, na qual se diz que eles adoram deblaterar sobre tudo, e o autor pede o apoio do público. Hoje os escritores produzem peças muito divertidas.

---

9. Alfaiate que estava na moda em Petersburgo.

10. *Filatka e seus filhos*, comédia de costumes populares com tendências moralistas.

11. O nível mais baixo do serviço civil, equivalente a um grau de oficial: 14ª classe.

Adoro ir ao teatro. Havendo um vintém em meu bolso, não posso evitar. Bem, entre meus iguais, os funcionários, existem verdadeiros porcos que nem por um império colocariam os pés num teatro: que embrutecidos! Eles mal saberiam o que fazer se alguém lhes desse uma entrada grátis! Havia uma atriz que cantava de forma encantadora. Pensei na outra... A cafajeste!... Chega, basta... eu me calo.

9 de novembro

Fui ao ministério às oito horas. Nosso chefe de sessão fez cara de quem não notou minha chegada. De minha parte, fiz como se ele nem estivesse lá. Revi e verifiquei a papelada. Sai às quatro horas. Passei em frente ao apartamento do diretor, mas não havia ninguém à vista. Após o jantar, fiquei deitado em minha cama o resto do dia.

11 de novembro

Hoje me instalei no gabinete do diretor e fui apontar para ele vinte e três penas e, para ela..., ah!... para "Sua" Excelência, quatro. Ele adora ter um grande número de penas a sua disposição. Oh! É um cérebro com certeza! Não abre a boca, mas suponho que ele avalie tudo em sua cabeça. Gostaria de saber no que ele pensa, o que trama naqueles miolos. Gostaria de observar mais de perto a vida destes senhores. Todos os seus equívocos, suas artimanhas de cortesãos, como se conduzem, o que fazem em seu mundo... Eis sobre o que eu desejaria me informar!

Tentei por várias vezes iniciar uma conversação com Sua Excelência, mas, com os diabos, minha língua se recusou a me obedecer: eu disse apenas que fazia frio ou calor lá fora, e não consegui positivamente extrair nada além disso. Eu adoraria passar os olhos em sua sala, cuja porta está algumas vezes aberta, e na peça que está mais atrás. Ah! que móveis ricos! que belos espelhos! que finas porcelanas! Adoraria entrar nem que fosse por um só segundo no canto onde fica "Sua" Excelência. Eis onde eu gostaria de penetrar: no seu toucador. Como estão dispostos todos aqueles vasos, todos aqueles frascos, aquelas flores que tememos fazer murchar com nossa respiração, suas roupas em desordem. Gostaria de lançar uma olhadela em seu quarto de dormir... Aí eu imagino prodígios, um paraíso tal que não pode encontrar nada de igual em todos os céus. Olhar o degrau onde ela apoia seu pequeno pezinho ao descer da cama, vê-la cobrindo este pequeno pezinho com uma meia leve e branca como a neve. Ai! Ai! Ai! Chega, basta... Eu me calo.

Hoje, aliás, eu tive como que uma iluminação: lembrei-me daquela conversa que surpreendi entre dois cães na Perspectiva Nevski. "Certo, disse a mim mesmo, agora vou descobrir tudo. É necessário interceptar a correspondência que mantém estes exibidos fedorentos. Confesso que uma vez chamei Medji e lhe disse:

– Escute, Medji, nós estamos a sós, como estás vendo. Se quiseres, posso até fechar a porta, assim ninguém nos verá. Diga-me tudo que sabes de tua patroa. O que ela faz? Quem é ela? Juro que não direi nada a ninguém."

Mas este animal astuto enfiou a cola entre as pernas e saiu porta afora como se não houvesse entendido nada.

Há muito desconfio que o cão é mais inteligente do que o homem. Estou inclusive convencido de que ele pode falar, mas que há nele uma espécie de obstinação. É uma política notável: ele observa tudo, os menores passos do homem. Sim, custe o que custar, irei a partir de amanhã à casa Zverkov. Interrogarei Fiel e, caso ache um jeito, extrairei dele todas as cartas que Medji lhe escreveu.

12 de novembro

Saí de casa às duas horas da tarde com a firme intenção de encontrar Fiel e de submetê-lo a um interrogatório. Não consigo suportar este odor de couve que exala de todas as lojinhas da rua dos Burgueses. Ademais, nos alcança de cada portão de garagem uma tal fedentina que eu disparei a correr com o nariz fechado. Além disso, estes artistas patifes deixam escapar de seus estúdios uma quantidade tão grande de fuligem e de fumaça que é decididamente impossível passear por aqui.

Chegando ao quinto[12] andar, toquei a campainha. Uma jovem me abriu a porta: não era mal feita, com pequenas sardas. Pude reconhecê-la: era aquela mesma que caminhava ao lado da velha. Ela ruborizou ligeiramente e logo vi do que se tratava: "Tu, minha querida, estás precisando de um noivo".

"O que deseja?, me perguntou.

– Preciso falar com sua cachorrinha."

Como aquela garota era tola! Compreendi de imediato que ela era tola! Neste momento, a cachorrinha surgiu a latir. Pensei em agarrá-la, mas aquele desprezível animal só faltou fechar suas mandíbulas em meu nariz! Apesar de tudo, descobri sua cesta a um canto. Eh! Eis o que me falta! Me aproximei. Revirei a palha do cesto e, para minha satisfação, dele retirei um pequeno maço de pequenos papéis. Esta cadelinha suja, assistindo a isso tudo, começou por me dar uma mordida na barriga da perna, depois, quando sentiu que eu havia agarrado as cartas, começou a ganir e a me fazer carinho: "Não, minha querida, adeus!", e eu saí correndo.

Creio que a jovem me julgou um louco, pois

12. Distração de Gogol: algumas páginas atrás, se refere ao quarto andar.

ela pareceu-me extremamente assustada. De volta a minha casa, quis de imediato iniciar meu trabalho e decifrar as cartas, pois eu não conseguia enxergar muito bem à luz da vela. Mas Mavra resolvera lavar o assoalho. Estes finlandeses idiotas têm estas ideias de limpeza nos momentos mais inadequados! Assim, resolvi sair e dar uma volta para meditar sobre os acontecimentos. Afinal vou saber todas as suas ações e pensamentos, todas as suas motivações, vou afinal esclarecer tudo isso. Estas cartas me darão a chave. Os cães são pessoas inteligentes, conhecedores de todas as relações políticas, e sem dúvida encontrarei de tudo aí dentro: o retrato e as mais insignificantes ações deste homem. E aí haverá igualmente uma pequena alusão àquela que... basta, eu me calo! Voltei para casa ao final da tarde. Fiquei deitado em minha cama até iniciar o anoitecer.

13 de novembro

Pois bem, vejamos. Esta carta está caligrafada com bastante legibilidade. No entanto, há uma qualquer coisa de canino em seus caracteres. Leiamos:

"Querida Fiel,

Decididamente eu não consigo me acostumar a este nome burguês. Como se eles não pudessem te dar um mais elegante! Fiel, Rosa, como é vulgar! Mas deixemos isso de lado. Estou muito contente pelo fato de que decidimos nos corresponder."

Esta carta está escrita com muita correção. A pontuação e os acentos estão todos em seu lugar. Falando francamente, nosso próprio chefe de sessão não escreve tão bem, ainda que ele martele em nossos ouvidos as virtudes da universidade na qual fez seus estudos. Vejamos a sequência:

"Parece-me que partilhar seus pensamentos, seus sentimentos e suas impressões com um outro é uma das maiores felicidades desta terra."

Hum! Esta reflexão foi extraída de uma obra escrita em alemão. Não lembro do título.

"Digo isso por experiência própria, ainda que eu não tenha percorrido o mundo além da porta de entrada de minha casa. Minha vida não se desenrola no bem-estar? Minha patroa, que Papa chama de Sofia, me ama loucamente."

Ai! Ai! Basta, chega, eu me calo.

"Papa também me acaricia com frequência. Eu bebo chá e café com creme. Ah, minha querida,

devo te dizer que não encontro nenhum atrativo nestes enormes ossos roídos que nosso Centauro devora na cozinha. Apenas os ossos de animais de caça são saborosos, sobretudo quando ninguém ainda lhes chupou o tutano. Gosto muito quando se misturam diversos molhos, mas sem alcaparra e sem ervas culinárias. Desconheço algo pior do que o costume de dar nacos de pão aos cães. Um senhor qualquer sentado à mesa e cujas mãos remexeram toda espécie de sujeiras se põe a moldar miolo de pão com estas mesmas mãos, nos chama e enfia a bolota dentro de nossa goela! Como é falta de educação recusar, nós a comemos; com desgosto, mas comemos assim mesmo..."

O diabo sabe o que isso quer dizer! Que absurdo! Como se não houvesse assunto mais importante a tratar! Vejamos a página seguinte. Talvez aí possamos encontrar algo de mais sensato.

"...Será um prazer para mim te manter ao corrente de todos os acontecimentos que se passam em nossa casa. Já te dei alguns detalhes sobre o personagem principal que Sofia chama Papa. É um homem muito estranho."

Ah, enfim! Sim, eu sei: eles têm abordagens políticas a respeito de todos os assuntos. Vejamos no que se refere a Papa:

"...um homem muito estranho. Permanece calado na maior parte do tempo. Abre raramente a boca, mas, há oito dias, não cessava de repetir sozinho: 'Será que ele me será dado? Sim ou não?' Ele tomava uma folha de papel na mão, dobrava uma outra, vazia, e dizia: 'Será que ele me será dado? Sim ou não?' Um dia ele se virou para mim e me perguntou: 'Que pensas disso, Medji? Será que ele me será dado? Sim ou não?' Não entendi bolhufas. Farejei suas botas e me mantive à distância. Depois, minha querida, uma semana mais tarde, Papa entrou todo feliz. Ao longo de toda a manhã, senhores em uniformes vieram cumprimentá-lo. À mesa, estava mais alegre do que nunca e não esgotava suas anedotas. Após o jantar, ele me ergueu até o seu pescoço e me disse: 'Olhe, Medji. O que é isso?' Vi uma fita. Eu a farejei, mas não identifiquei nenhum aroma; enfim, dei-lhe uma lambida... estava um tanto salgada."[13]

Hum! Acho que esta cachorra é demais... Merece umas chineladas! No entanto, nosso homem é um ambicioso! É preciso deixar isso registrado.

"... Adeus, minha querida! Eu me desculpo, etc., etc. Terminarei minha carta amanhã.

"Bom dia! Cá estamos novamente juntas. Hoje, minha patroa Sofia..."

13. Esta passagem sobre as condecorações foi censurada.

Ah! vejamos o que faz Sofia! Eh, que canalhice! Basta... chega... continuemos.

"... minha patroa Sofia estava fora de si. Ela se preparava para ir ao baile e eu fiquei feliz de poder te escrever na sua ausência. Minha Sofia está sempre radiante ao ir a um baile, ainda que fique furiosa ao fazer a toalete. Eu não consigo entender, minha querida, o prazer de se ir a um baile. Sofia chega por volta das três da manhã e, quase sempre, percebe-se, observando seu pobre rosto pálido, que não lhe deram nada para comer por lá, a pobre criança! Eu não poderia jamais viver assim, confesso. Se não me dessem galinha ao molho ou uma asa de frango... não sei o que aconteceria. A massa com molho também é boa. Mas as cenouras, os nabos, a alcachofra... isso nunca presta..."

Estilo extremamente desigual. Vemos de imediato que não foi um homem que escreveu isso. Começa como deve ser, mas termina à maneira canina. Olhemos mais um destes bilhetes. É um pouco longo. Hum, a data não está sequer indicada!

"Ah, minha querida, como a chegada da primavera se faz sentir! Meu coração dispara por qualquer coisa. Minhas orelhas zumbem sem parar. Às vezes eu fico por muitos minutos, uma pata erguida, escutando junto às portas. Não farei segredo de que

tenho muitos admiradores. Frequentemente os observo, sentados junto às janelas. Ah, se tu soubesses que monstros se vê entre eles! Há um mastim feito a machadadas, pavorosamente estúpido, estupidez que está escrita em sua cara. Ele passeia pela rua com ares de superioridade e podemos imaginar que se trata de um personagem considerável, ele acredita que somos caolhos, palavra de honra! Ele não é nada! Presto tanta atenção a ele como se não o visse. E aquele horrível cão de fila que estaciona em frente à minha janela! Caso ele caminhasse apoiando-se apenas nas patas traseiras (do que é certamente incapaz, o pobre bruto!), ele ultrapassaria a altura do Papa de minha Sofia, que já é de um porte e de uma corpulência respeitáveis. O desajeitado é de uma insolência sem igual. Eu rosnei uma ou duas vezes atrás dele, mas é o que menos importa. Ele nem pisca! Fixa um olhar em minha janela, as orelhas caídas, a língua pendente... um verdadeiro bronco! Mas, veja bem minha querida, meu coração não permanece sempre indiferente a todas estas solicitações... longe disso!... Se visses este cavaleiro que salta o cercado da casa vizinha e que atende pelo nome de Tesouro! Ah, minha querida, a alegria, a cara bonitinha que ele tem!"

Argh! Ao inferno!... Que abominação! E como é possível a alguém encher uma carta com semelhantes imbecilidades! Que me tragam um homem! Quero ver um homem. Preciso de um alimento com o qual minha alma cresça e se deleite, já que estas tolices... Viremos a página, talvez melhore:

"... Sofia costurava, sentada ao lado de uma mesa de centro. Eu olhava pela janela, pois adoro observar os transeuntes. Súbito, um criado entrou anunciando:

'Tieplov!

– Faça-o entrar', exclamou Sofia, que se atirou em cima de mim para me abraçar.

'Ah! Medji, Medji, se soubesses quem é: ele é um cadete moreno[14] *e tem olhos negros e cintilantes como brasa.'*

E Sofia escondeu-se em seus aposentos. Um minuto mais tarde, entrou um cadete com costeletas negras. Ele aproximou-se do espelho, ajeitou seu penteado e deu um giro pelo ambiente. Soltei um rápido grunhido e me enfiei em meu canto. Sofia chegou pouco depois e respondeu alegremente a sua reverência. Eu continuei olhando através da janela como se nada houvesse acontecido; mas virei ligeiramente a cabeça e procurei descobrir sobre o que estavam conversando. Ah! minha querida, que bobagens eles diziam! Lembravam que uma senhora, em meio a uma dança, havia executado tal figura e não outra; ou que um certo Bobov, que parecia uma cegonha com seu peitilho de renda, quase caíra. Que uma senhora, Lidina, imaginava

---

14. Título da corte, honorífico (5ª classe), abaixo do de camareiro.

ter olhos azuis, enquanto eles eram verdes... e tudo harmoniosamente. Seria o caso de comparar este fidalgo a Tesouro!, eu disse a mim mesma. Céus, que diferença! Antes de mais nada, este senhor tem um rosto largo e absolutamente chato, com costeletas em volta, como se estivesse embrulhado num xale preto, enquanto Tesouro tem traços finos e uma mancha branca precisamente na testa. Quanto à estatura de Tesouro, nem é necessário compará-la à do tal cadete. E os olhos, as maneiras, o porte são simplesmente outros. Que diferença! Não sei, minha querida, o que ela encontrou em seu Tieplov. Por que ela está de tal forma enrabichada?...”

Parece-me também que aí tem coisa. É impossível que Tieplov tenha sido capaz de encantá-la a este ponto. Vamos adiante:

“Se este jovem encontrou boa vontade a seus olhos, não entendo por que não se dá o mesmo com aquele funcionário que trabalha no escritório de Papa. Ah, minha querida, se você visse aquele aborto da natureza!...”

Quem será este aí?

“Ele tem um nome de família muito extravagante. Fica sentado o dia inteiro a apontar as penas. Seus cabelos se assemelham a feno. Papa o usa para fazer carretos...”

Dir-se-ia que é a mim que esta vil cadela está se referindo. Donde tirou que meus cabelos se parecem com feno?

"Sofia não pode conter o riso quando o olha."

Está mentindo, maldita cadela. Que linguagem abominável! Como se eu não soubesse que se trata de uma obra de despeitada! Como se eu não soubesse de quem se trata! São as intrigas de meu chefe de sessão. Este homem me jurou um ódio implacável e ele se dedica a me fazer mal a todo momento. Leiamos mais uma das cartas. Talvez tudo isso se esclareça por si mesmo.

"Minha querida Fiel,

Tu me perdoarás pelo fato de ter ficado tanto tempo sem escrever. Vivi dias da mais perfeita embriaguez. Tinha razão o escritor que disse que o amor era uma segunda vida. Ademais, há no momento grandes mudanças em nossa casa. O cadete vem nos ver todos os dias. Sofia o ama até a loucura. Papa está muito alegre. Cheguei mesmo a escutar nossa Gregória, que fala sozinha quando está varrendo o chão, que o casamento seria a seguir, pois Papa quer sem falta ver Sofia casada seja com um general, seja com um cadete, seja com um coronel..."

Maldição! Não posso ler mais... é sempre um cadete ou um general. Tudo que há de melhor no mundo cabe sempre aos cadetes ou aos generais. Procuramos uma modesta sorte, acreditamos alcançá-la, e um cadete ou um general a arrebata de nós debaixo de nosso nariz. Com mil diabos! Não era para obter sua mão e outras coisas deste gênero que eu queria me tornar general. Não, se quisesse ser general, seria para vê-los desdobrarem-se a minha volta, se dedicar a todas estas manobras e equívocos de cortesãos, e lhes dizer em seguida: "Vocês dois, eu os desprezo!" Com mil diabos! Como é humilhante! Rasguei em milhares de pedacinhos as cartas daquela cadela estúpida!

3 de dezembro

É impossível, isso não faz sentido! Este casamento não se realizará! Ele é um cadete, mas e daí? Isso não passa de uma distinção: não se trata de algo de visível que se possa pegar com as mãos. Não é porque ele é um cadete que lhe surgirá um terceiro olho na testa. Seu nariz não é de ouro, que eu saiba, mas igualzinho ao meu, ao nariz de não importa quem; serve para que ele cheire, e não para comer, para que ele espirre, mas não para tossir. Já por diversas vezes ensaiei esclarecer a origem de todas estas diferenças.

Por que eu sou conselheiro titular[15], e por quais motivos? Talvez eu seja conde ou general e apenas ocorra que eu tenha algo como o ar de ser um conselheiro titular? Talvez eu próprio ignore o que eu sou. Há muito exemplos deste tipo na história: um homem comum, sem falar de um nobre, um simples burguês ou um camponês, descobre subitamente que ele é um grande senhor, ou um barão ou qualquer coisa parecida. Se um tão ilustre personagem pode sair de um mujique, o que acontecerá quando se trata de um nobre! Se, por exemplo, eu descesse a rua vestido com um uniforme de general: um galão sobre o ombro direito, outro sobre o ombro esquerdo e uma fita azul celeste[16] a tiracolo? Em que tom cantaria então a minha senhora? E o que diria Papa, nosso diretor? Oh, é um grande ambicioso! Um franco-maçom, sem dúvida. Ainda que ele faça cara de ser isso ou aquilo, adivinhei em seguida que se tratava de um franco-maçom: quando dá a mão a alguém, estende apenas dois dedos. Será que eu não posso, no mesmo instante..., ser promovido a general-governador ou intendente, ou qualquer coisa deste gênero? Eu gostaria de saber por que sou conselheiro titular? Por que precisamente conselheiro titular?

---

15. Conselheiro titular: funcionário da 9ª classe cujo grau equivalia ao de capitão.

16. A fita a tiracolo indica que se trata de uma decoração de primeiro nível, outorgada ao altos dignitários ou até mesmo aos chefes do Estado.

5 de dezembro

Hoje li jornais durante toda a manhã. Estão acontecendo coisas estranhas na Espanha[17]. Eu não compreendo muito bem. Diz-se que o trono está vacante, que os mais altos dignitários estão atrapalhados para escolher um herdeiro, que isso provoca rebeliões. Isso me parece muito estranho. Como o trono pode estar vacante? Diz-se que uma certa *señora* deve subir ao trono. Uma *señora* não pode subir ao trono. De modo algum. No trono é preciso estar um rei. Mas eles dizem que não há rei. É impossível que não haja rei. Um Estado não pode existir sem rei. Há um, embora se ignore onde ele se encontra. Ele pode mesmo estar lá, mas razões de família ou de temor de potências vizinhas, a saber, a França e outros países, o obrigam a se esconder. Ou talvez ele tenha lá outros motivos.

8 de dezembro

Decidi ir ao ministério, mas diversas razões e reflexões me impediram de fazê-lo. Os negócios da Espanha não conseguem sair de minha cabeça. Como pode uma *señora* tornar-se rainha? Não permitirão. E, antes de todos, a Inglaterra se oporá. Depois, há a situação política de toda a Europa: o imperador da Áustria, nosso imperador... Confesso que estes

17. A guerra entre carlistas e liberais após a morte de Fernando VII (1833).

acontecimentos me abateram de tal forma que não consegui fazer nada durante todo o dia. Mavra observou que eu estava muito distraído à mesa. Com efeito, joguei, sem dúvida por distração, dois pratos no chão: eles voaram em mil pedaços. Após o jantar, fui passear nas montanhas russas[18]. Do que não consegui retirar nada de instrutivo. Fiquei em minha cama o resto do tempo, refletindo a respeito dos negócios da Espanha.

Ano 2000. 43º dia de abril

Hoje é um dia de grande solenidade! A Espanha tem um rei. Foi encontrado. Este rei sou eu. Apenas hoje fui descobrir. Confesso que fui bruscamente inundado de luz. Não compreendo como pude pensar, imaginar que eu era conselheiro titular. Como este pensamento extravagante pôde penetrar em meu cérebro? Felizmente ninguém teve na ocasião a ideia de me trancafiar num hospício. Agora, tudo me foi revelado. Agora tudo está claro... Antes, eu não compreendia, antes, tudo estava a minha frente envolto numa espécie de nevoeiro.

Tudo isso resulta, creio, do fato de que as pessoas julgam que o cérebro do homem está localizado dentro de seu crânio. De modo algum: ele é trazido por um vento que sopra do mar Cáspio. Imediata-

18. Grandes montes de neve que, aplainados e molhados com água durante o inverno, servem de pistas para passeios em trenó.

mente revelei a Mavra quem eu era. Quando soube que estava diante do rei da Espanha, ela bateu as mãos uma contra a outra e quase morreu de pavor. Esta tola jamais havia visto o rei da Espanha. Apesar de tudo, me esforcei por tranquilizá-la e de assegurar a ela, em termos amáveis, minha benevolência; lhe disse que não guardava dela qualquer rancor pelo fato de haver engraxado mal minhas botas. Esta gente é ignorante. Não se pode entretê-los com assuntos elevados. Ela ficou com medo por estar convencida de que todos os reis da Espanha se assemelham a Felipe II! Mas eu lhe expliquei que não havia nada em comum entre Felipe e eu.

Não fui ao ministério. O diabo os carregue! Não, meus amigos, agora vocês não me pegarão mais; eu não vou continuar a copiar vossas papeladas sujas!

86º dia de Martubro. Entre o dia e a noite.

Hoje o meirinho veio me dizer que devo me apresentar no ministério, pois há mais de três semanas não respondo pelo meu trabalho.

Fui ao ministério para dar risada. Nosso chefe de sessão pensava que eu iria lhe fazer reverências e lhe pedir desculpas, mas eu o olhei com um ar indiferente, nem demasiado encolerizado nem demasiado benevolente, e sentei em meu lugar, como se não estivesse percebendo nada... Olhei para toda aquela escória administrativa e disse a mim mesmo: "Se soubessem quem está sentado a seu lado, o que aconteceria?" Santo Deus! Que balbúrdia isso provocaria! O próprio chefe de sessão faria uma reverência dobrando-se até a cintura, como está fazendo no momento para o diretor. Colocaram papéis à minha frente para que eu fizesse um sumário. Mas eu não cheguei a tocá-los sequer com a ponta dos dedos.

Alguns minutos mais tarde, todo mundo começou a se agitar. Disseram que o diretor estava para chegar. Muitos funcionários correram, disputando quem seria o primeiro a se apresentar a ele. Mas eu não me mexi. Quando ele atravessou nossa sala, todos abotoaram suas roupas; eu fiz como se nada estivesse acontecendo! O que é um diretor? Vou me levantar diante dele? Jamais! Que diretor é este sujeito? É uma rolha, não um diretor! Rolha ordinária, simplesmente rolha, nada mais. Serve no máximo para tampar garrafas.

O que mais me divertiu foi quando me passaram papéis para que eu os assinasse. Imaginavam que eu iria escrever ao pé da folha: chefe do departamento fulano de tal. Ora, vamos! Eu rabisquei, de modo bem visível, no lugar onde assina o diretor do departamento: "Fernando VIII". Era de se ver o silêncio respeitoso que então se fez! Mas eu fiz apenas um pequeno gesto com a mão, dizendo: "Não quero nenhuma demonstração de submissão!", e saí.

Do escritório fui diretamente ao apartamento do diretor. Ele não estava em casa. O criado tentou me impedir de entrar, mas eu lhe disse duas palavras: seus braços despencaram. Dirigi-me de imediato ao banheiro. Ela estava sentada diante de seu espelho. Levantou-se bruscamente e deu um passo atrás. Mas eu não lhe disse que eu era o Rei da Espanha. Eu lhe disse apenas que ela não podia imaginar a felicidade que a esperava e que nós seríamos unidos apesar das maquinações de nossos inimigos. Não desejei acrescentar mais nada e deixei a peça.

Oh! Que criatura astuta é a mulher! Apenas agora compreendi o que é a mulher. Até o momento ninguém sabia por quem ela estava apaixonada: sou o primeiro a descobri-lo. A mulher está apaixonada pelo diabo. Sim, sem chacotas. Os físicos[19] escrevem absurdos, dizem que ela é isso, aquilo... Ela apenas ama o diabo. Vejam lá, aquela que aponta seus binóculos do camarote da segunda fila. Acreditam que ela olha este personagem barrigudo decorado com uma faixa? Vocês não percebem, mas ela olha o diabo que está de pé atrás dele. Vejam, eis que ele se dissimula sob suas vestes. Ele lhe faz sinais com os dedos! E ela o desposará! Ela o desposará!

E todos estes que estão vendo, todos estes pais de família graduados, todos estes homens que

19. Médicos.

fazem piruetas em todas as direções e que tomam a Corte de assalto, dizendo-se patriotas, e patati e patatá[20]: fazendas, propriedades, eis o que querem estes patriotas! Seus pais, suas mães, o próprio Deus eles seriam capazes de vender em troca de dinheiro, os ambiciosos, os judas! E esta ambição ilimitada origina-se do fato de terem, sob a úvula[21], uma vesícula que contém um vermezinho da grossura de uma cabeça de alfinete. É um barbeiro da rua das Ervilhas que faz tudo isso. Esqueci seu nome, mas sabe-se de fonte segura que ele quer, com a ajuda de uma parteira, difundir o maometismo pelo mundo inteiro, e se diz que é por isso que a maior parte do povo francês professa a fé de Maomé.

Sem data. Este dia era sem data.

Passeei incógnito pela Perspectiva Nevski. Sua Majestade, o Imperador, passou em seu carro. Toda a cidade retirou seus gorros e eu fiz o mesmo. Desta forma, não deixei transparecer que eu era o rei da Espanha. Julguei que seria inconveniente dar-me a conhecer desta maneira, diante de todo mundo; pois é preciso antes de mais nada que eu me apresente diante da Corte. O que me deteve é que ainda não disponho dos trajes nacionais da Espanha. Se eu

20. Toda esta frase sobre os "pais de família graduados" foi cortada pela censura.

21. Pequena massa carnosa pendente do palato mole.

pudesse ao menos obter uma capa. Pensei em encomendar uma a um alfaiate, mas estes tipos são verdadeiros asnos; ademais, negligenciam totalmente o próprio trabalho: se jogaram na especulação e, o mais frequente, pavimentam as calçadas. Tive a ideia de mandar fazer uma capa para meu novo[22] uniforme, que usei uma ou duas vezes, no máximo. Mas, para que estes velhacos não a massacrem, decidi fazê-la eu mesmo, fechando a porta à chave para não ser visto por ninguém. Eu a cortei de alto a baixo com minhas tesouras, pois o corte deve ser outro.

Esqueci a data. Não houve mês tampouco.
Sabe lá o diabo qual era.

Minha capa está pronta e costurada. Mavra soltou um grito quando a vesti. Portanto, ainda não decidi apresentar-me à Corte. A delegação de deputados da Espanha ainda não se fez presente. Sem deputados, não é conveniente. Isso roubaria todo o peso de minha dignidade. Eu os espero a qualquer momento.

1º

Esta lentidão dos deputados me espanta prodigiosamente. Quais são as razões que poderiam atrasá-los? A França, talvez? Sim, trata-se da nação

22. Trata-se do uniforme dos funcionários, que era de cor verde.

menos bem preparada. Fui perguntar nos correios se os deputados espanhóis não haviam chegado, mas o diretor, que é totalmente estúpido, não sabe de nada. Ele me disse: "Não, não há aqui nenhum deputado espanhol, mas se deseja escrever cartas, nós as entregaremos nos endereços indicados". Vá se enforcar! O que é uma carta? Um absurdo. São os boticários que escrevem cartas...

Madri, 30 de fevereiro

Pronto, estou na Espanha. Isso se deu tão bruscamente que mal tive tempo de tomar conhecimento de onde me encontrava. Esta manhã, os deputados espanhóis apresentaram-se em minha casa e me conduziram com eles num carro. Esta extraordinária precipitação me pareceu estranha. Andamos numa tal velocidade que atingimos a fronteira da Espanha uma meia hora mais tarde. Ademais, é verdade que agora existem as ferrovias[23] por toda Europa e que os barcos a vapor andam muito rápido.

Curioso país a Espanha: quando entramos na primeira peça, vi uma multidão de homens com a cabeça raspada. Mas pressenti que deveriam ser gente importante ou soldados, pois ambos raspam a

---

23. As estradas de ferro ainda não existiam na Rússia. O primeiro trem russo foi o de Tsarskoe Selo, inaugurado em 1838. Ligava São Petersburgo a Pavlovsk, o que não somava mais do que uns trinta quilômetros.

cabeça. O que me pareceu extremamente bizarro foi a conduta do chanceler do Império: ele me tomou pelo braço, me empurrou para dentro de um quartinho e me disse: "Fique aqui! E se disseres que és o rei da Espanha, farei com que te passe esta vontade". Sabendo que se tratava de uma prova, respondi negativamente. Então o chanceler me deu duas pancadas nas costas com um bastão. Senti tanta dor que quase soltei um grito. Mas me dominei, lembrando-me que se tratava de um rito da cavalaria quando do ingresso de um alto dignitário: na Espanha ainda observam os costumes da cavalaria.

Ao ficar sozinho, quis me ocupar dos negócios do Estado. Descobri que a China e a Espanha são uma só e mesma terra e que é somente por ignorância que são consideradas dois países diferentes. Aconselho a todos a escrever "Espanha" sobre um papel; disso resultará: "China". Mas eu fiquei profundamente desolado com um acontecimento que deverá ocorrer amanhã. Amanhã, às sete horas, se dará um estranho fenômeno: a Terra sentará sobre a Lua. O célebre químico inglês, Wellington, fala a respeito. Confesso que senti uma viva inquietação quando imaginei a delicadeza e a fragilidade extraordinária da Lua. Sabemos que a Lua é feita habitualmente em Hamburgo e de um modo abominável. Fico estarrecido que a Inglaterra não preste atenção nisso. É um tanoeiro manco que a fabrica e é claro que este imbecil não tem a menor noção da Lua. Ele coloca um cordão asfaltado e uma medida de óleo de oliva; espalha-se então sobre toda a Terra uma tal fedentina que é preciso tapar o nariz. Daí resulta que a própria Lua é uma esfera tão delicada que os homens não podem viver nela. No momento ela é habitada tão-somente por narizes. Eis a razão pela qual não podemos ver nossos narizes: eles estão todos na Lua.

Quando pensei que a Terra, matéria pesada, poderia reduzir nossos narizes a pó sentando-se sobre eles, fui tomado por uma angústia tal que enfiei minhas meias e meus sapatos e às pressas me dirigi à sala do conselho de Estado para ordenar à polícia que impedisse a Terra de se sentar sobre a Lua. Os maiorais de cabeça raspada que vi em grande número na sala do conselho de Estado são pessoas muito inteligentes. Quando lhes disse: "Senhores, salvemos a lua, pois a terra quer sentar-se sobre ela", todos eles se precipitaram de imediato para executar minha vontade soberana e muitos deles subiram nos muros para agarrar a lua. Mas neste momento entrou o grande chanceler. Ao vê-lo, todos fugiram. Como eu sou o rei, fiquei só. Mas o chanceler, para meu espanto, me deu um golpe com o bastão e me reconduziu à força para meu quarto. Tão grande é o poder dos costumes populares na Espanha!

Janeiro do mesmo ano, que sucedeu a fevereiro.

Não consigo entender que país é a Espanha. Os usos e costumes populares e as regras de etiqueta da Corte são aí de fato extraordinários. Não compreendo, decididamente, não posso compreendê-lo. Hoje me tosaram, ainda que eu haja gritado com todas as minhas forças que eu não queria ser monge. Mas eu já não consigo lembrar o que aconteceu comigo quando começaram a me derramar água fria na cabeça. Eu jamais havia suportado um inferno semelhante. Mais um pouco e eu me tornaria furioso e foi com muito trabalho que conseguiram me controlar. Não compreendo de forma alguma a significação deste estranho costume. É um uso estúpido, absurdo. A leviandade dos reis, que ainda não o aboliram, me parece inconcebível.

Suponho, segundo toda verossimilhança, que caí nas mãos da Inquisição, e que aquele que imaginei ser o chanceler é sem dúvida o Grande Inquisidor em pessoa. Mas mesmo assim não posso entender como é possível que um rei seja submetido à Inquisição. É verdade que é possível, vindo da parte da França e sobretudo de Polignac[24]. Ah, este patife do Polignac! Jurou causar-me mal até minha morte. Perseguiu-me e me importunou. Mas, eu sei, meu

24. Ministro de Carlos X, deposto pela revolução de 1830.

amigo, que é o inglês que te conduz. O inglês é um grande político. Ele tenta insinuar-se por toda parte. Todo mundo sabe que, quando a Inglaterra cafunga, a França espirra.

25

Hoje o Grande Inquisidor veio a meu quarto, mas eu me escondi debaixo da cama ao ouvir seus passos. Vendo que eu estava lá, ele começou a me chamar. De início, gritou: "Poprichtchin!", mas eu não disse palavra. Em seguida: "Auxence, Ivanov! Conselheiro titular! Fidalgo!" Mantive o silêncio. "Fernando VIII!" Quis colocar a cabeça para fora, mas disse a mim mesmo: "Não, irmão, não darás a ele esta oportunidade! Nós o conhecemos: irá me verter água fria sobre a cabeça". Enfim, ele me viu e me retirou debaixo da cama com golpes de bastão. Este maldito bastão causa uma dor horrível.

Mas a revelação que acabo de ter me compensou de tudo isso: descobri que todos os galos têm uma Espanha; ela está sob suas penas. O Grande Inquisidor saiu de meu quarto furibundo, ameaçando-me com não sei qual castigo. Mas eu desprezei totalmente suas ameaças impotentes, pois eu sei que ele age como uma máquina, como um instrumento do inglês.

Jo 34º ur Ms naonna. oɹᴉǝɹǝʌǝℲ
349.

Não, já não tenho forças para suportar isso! Meu Deus! Que estão fazendo comigo! Derramam água fria em minha cabeça. Não me escutam, não me veem, não me entendem. Que fiz a eles? Por que me atormentam? O que desejam de mim, o infeliz? Que posso dar a eles? Não tenho nada.

Estou no fim, não posso mais suportar suas torturas; minha cabeça queima, e tudo gira à minha volta. Salvem-me! Levem-me! Deem-me um trenó com ginetes rápidos como a ventania! Monte na sela, cocheiro, soe, minha sineta! Corcéis, lancem-se em direção às nuvens e levem-me longe deste mundo! Mais longe, mais longe, onde não se veja nada, mais nada. Lá o céu gira diante de meus olhos: uma pequena estrela cintila nas profundezas; uma floresta vaga com suas árvores sombrias, acompanhada pela lua; uma névoa cinza espalha-se sob meus pés; uma corda vibra na névoa; de um lado, o mar, do outro, a Itália; tudo lá está, vê-se até mesmo as cabanas de camponeses russos. Será minha casa aquela mancha azul à distância? É minha mãe sentada diante da janela? Mamãe! Salve teu filho infeliz! Deixe cair uma pequena lágrima sobre sua cabeça sofrida! Olhe como o atormentam! Aconchegue o pobre órfão em teu peito! Ele não encontra um só lugar sobre a terra! Ele é perseguido! Mamãe! Tenha piedade de teu filhinho doente!... Eh, vocês sabem que o rei da Argélia[25] tem uma verruga exatamente debaixo do nariz?

(1835-36)

25. A primeira versão atribuía esta desgraça ao rei da França...

Cronologia de Gogol
(1809-1852)

(As datas são, salvo indicação dupla, aquelas do calendário juliano, então com um atraso de doze dias com relação ao gregoriano.)

20 de março/1º de abril de 1809. Nascimento em Sorotchinstsy (distrito de Mirgorod, província de Poltava) de Nicolas Vassiliévitch Gogol-Yanovski, filho de um pequeno funcionário vindo de uma família ucraniana de soldados e de padres tornados nobres no século XVII. Será o mais velho de doze irmãos, dos quais só sobreviverão, além dele, o caçula Ivan e quatro irmãs. Saúde frágil.

1809-1821. Infância em Vassilievka, onde seu pai possui cerca de 1.200 hectares e 200 "almas" (camponeses e servos domésticos).

1821-1828. Interno no Liceu de Niejine, estudos sem brilho, mas ele surpreende seus professores e condiscípulos com seus dons de imitador e de ator. *Dezembro de 1828*: partida para Petersburgo para iniciar uma carreira.

1829. Primeiros ensaios literários. Faz imprimir a suas custas um poema romântico, *Hans Küchelgarten*, sob pseudônimo. Ele mesmo retira seu livro das livrarias, queima todos os exemplares recuperados e jamais falará a respeito com ninguém, exceto seu condiscípulo Prokopovitch que guardará segredo até 1852. Em *julho de 1829*, partida brusca para a Alemanha, inventando numa carta a sua mãe uma história de fuga diante de um amor impossível, depois (como testemunho da primeira mentira) uma doença estranha a curar nas águas de Travemünde. Em *setembro*, retorno brusco a Petersburgo, para a casa de Prokopovitch.

1830. Empregos sucessivos no Ministério do Interior (Departamento de Edifícios Públicos), depois no Ministério da Corte (Departamento dos Apanágios), vida menos sofrida. Em *março*, *Os anais da pátria* publicam sua primeira novela ucraniana, *A noite de São João*. No outono ele tenta, sem sucesso, ingressar como ator nos Teatros Imperiais.

1831. Publica alguns artigos anônimos e fragmentos de novelas ucranianas no almanaque *Flores do norte*, editado por Delvig, o qual, amigo íntimo de Pochkin, o apresenta ao grupo do grande poeta: Pleitniov (diretor do "Instituto patriótico" para filhas de oficiais nobres, onde ele colocará Gogol como professor), Joukovski (poeta em plena glória, leitor da imperatriz-mãe e preceptor do pequeno Tzar, Alexandra Rosset (a partir de 1832 a Senhora Smirnov, acompanhante de honra da imperatriz que por sua vez apresentará Gogol a Puchkin pouco depois do casamento deste). Gogol se sente agora lançado no mundo literário e na aristocracia. Puchkin em especial o encoraja a escrever.

Setembro de 1831. Publicação do primeiro volume de *Noites na fazenda de Dikanka – (Vigílias da Ucrânia)*, novelas inspiradas no folclore ucraniano, com o pseudônimo de "Panko o Vermelho, instrutor de abelhas".

Março de 1832. Publicação do segundo volume. Sucesso e início de celebridade.

Verão de 1832. Conhece Michel Pogodin, historiador, arqueólogo e homem de letras próximo dos eslavófilos (início de uma amizade a princípio estreita que se tornará mais tarde mais e mais tempestuosa), e por seu intermédio, por ocasião de uma passagem por Moscou, de Serge Aksakov (patriarca do eslavofilismo) e dos meios literários de Moscou.

Outono de 1832. Conhece os ambientes literários "ocidentalistas" de Petersburgo (Annienkov, e por meio dele Biélinski, já um crítico influente), mas os frequenta pouco. Projeto de comédia satírica (*A cruz de São Vladimir*), que abandona por medo da censura.

1833. Interrupção em sua produção literária, crise de consciência e crise de vocação. Acredita descobrir em si uma vocação de historiador, chega até a solicitar uma cadeira de história na Universidade de Kiev, submete ao ministro Ouvarov um Plano de Ensino da História Universal. Em fevereiro de 1834, Ouvarov publica seu plano numa revista oficial, mas nomeia um outro para a cadeira postulada por Gogol.

Verão de 1834. A desavença dos dois Ivans, escrito em 1832, aparece num almanaque publicado pelo livreiro Smirdine. Em *24 de julho*, Gogol é nomeado professor adjunto de história na Universidade de Petersburgo. Em setembro, aula inaugural "Sobre a Idade Média" (decorada com perfeição): intensa curiosidade de seus ouvintes (entre os quais o jovem Ivan Tourgueniev). Grande sucesso, mas que declinará rapidamente. Suas aulas se tornarão cada vez mais curtas e irregulares. Aos poucos é abandonado, e até mesmo ridicularizado pelos estudantes. Mas retomou o trabalho literário.

1835. Em janeiro, publicação de *Arabescos*, agrupando, com *A Perspectiva Nevki*, *O retrato* e *Diário de um louco*, fragmentos das novelas ucranianas, suas lições na Universidade e artigos de crítica e pedagogia. Em março, publicação de *Mirgorod*, "novelas que dão sequência àquelas de *Noites na fazenda...*" (com a primeira versão de *Taras Bulba*). Reescreve e conclui *O nariz* (iniciada em 1832), que a revista de Pogodin (*O observador moscovita*) recusa como "suja e trivial". Em maio obtém junto à Universidade uma licença de quatro meses "por razões de saúde" e vai passar férias em Vassilievka e na Crimeia.

Outono-inverno de 1835. Em setembro, Puchkin oferece-lhe o tema de *Almas mortas*, "um tema particular, do que ele pretendia desenvolver um poema". A partir de 7 de outubro, comunica a Puchkin que já escreveu três capítulos, e lhe pede mais um tema, mas para uma comédia. Puchkin passa-lhe o tema do *Revisor (O Inspetor Geral)*. A partir de 6 de dezembro, Gogol informa a Pogodin que terminou a comédia, já em sua segunda redação. Além disso, diz que "deu adeus à Universidade" ("A opinião geral é de que eu meti o bedelho em coisas que não eram da minha conta."), mas que de agora em diante o preocupam "pensamentos elevados, cheios de verdade e uma assustadora grandeza... Obrigado a vocês, meus anfitriões, que derramaram sobre mim minutos divinos em minha estreita mansarda!"

Janeiro-abril de 1836. Primeiras leituras de *O Inspetor Geral* (e também de *O nariz*) nas casas da Senhora Smirnov e de Joukovski: grande sucesso. Para subtrair *O Inspetor Geral* da censura, Puchkin obtém de seus amigos uma intervenção diretamente junto ao Palácio. Nicolas I faz com que leiam a peça para ele e dá aos Teatros Imperiais a ordem de montá-la sem aguardar o visto do censor.

19 de abril de 1836. Primeira representação, em Petersburgo, de *O Inspetor Geral*, na presença do Tzar. Grande sucesso, mas alguns riem como se fosse uma simples farsa e outros se entusiasmam (a juventude nas galerias) ou ficam indignados (a alta *tchine* – burocratas – dos camarotes e da plateia) com a sátira social e quase política. Uma reflexão atribuída ao soberano ("Todo mundo a viu segundo seu grau, eu o primeiro.") salvará a peça. Gogol assistiu nos bastidores, nervoso e insatisfeito, mais do que os outros atento às reações hostis, magoado por ser malcompreendido. Escreve a seus amigos cartas desanimadoras e se recusa a assistir à representação de *O Inspetor Geral* em Moscou, no dia 25 de maio.

Junho-outubro de 1836. Viagem para a Alemanha (viagens incessantes de uma cidade a outra), depois para a Suíça (um mês em Genebra, um mês em Vevey), início de seu frenesi de deslocamentos. Trabalha com assiduidade e alegria em *Almas mortas*: "Eu o juro, vou fazer alguma coisa que não é a obra de um homem comum", escreve a Joukovski, pedindo-lhe segredo, exceto para Puchkin e Pletniov. Em Petersburgo, *O contemporâneo* de outubro publica *O nariz*, com apresentação do próprio Puchkin.

Novembro de 1836-fevereiro de 1837. Estadia em Paris (Praça da Bolsa, 12). Gosta dos passeios, do teatro, da cozinha dos restaurantes, mas detesta a atmosfera política: "Todos aqui se preocupam mais com os negócios da Espanha do que com os seus próprios". A redação de *Almas mortas* avança: "É um Leviatã que se prepara, escreve a Joukovski. Um estremecimento sagrado me percorre quando penso nisso... Minha obra é imensamente grande, e sua conclusão não é para logo..."

Fevereiro de 1837. Na residência dos Smirnov (então em Paris) toma conhecimento da morte de Puchkin (ferido em duelo no dia 27 de janeiro e falecido no dia 29). Profundamente afetado, abandona por uns tempos todo o seu trabalho. "Eu nunca realizei nada sem o seu conselho... Não escrevi uma só linha longe de seus olhos... Tenho o dever de conduzir ao término a grande obra que ele me fez jurar que escreveria, da qual o pensamento é obra sua", escreve a seus amigos.

Março de 1837-junho de 1839. Estadia em Roma, menos o verão (1837 em Baden-Baden, 1838 em Nápoles). É o pontificado de Gregório XVI, despotismo teocrático do qual Gogol, fechado à política, aprecia a atmosfera de piedoso conservadorismo ao abrigo de influências estrangeiras. "É a pátria de minha alma, onde minha alma viveu antes de meu nascimento... Não há lugar para nossas rezas exceto Roma; nos outros lugares, fazemos de conta..." Na Rússia, cala-se sobre seu círculo de amizades junto à aristocracia russa convertida, corre mesmo o rumor de sua própria conversão. Liga-se a Stiepane Chévyriov, professor e homem de letras, amigo de Pogodin, frequentando com ele os jovens artistas apadrinhados pelo Tzar. Vida sofrida, recorre a empréstimos de seus amigos de Petersburgo e de Moscou. Queixas a respeito da saúde, trabalho irregular em *Almas mortas*, alternando momentos de entusiasmo e de desânimo. Após uma visita de Pogodin, revisa suas obras anteriores tendo em vista uma reedição. Começa *Annunziata*, novela romana (que ficará inacabada com o título de *Roma*), apologia da atmosfera piedosa e conservadora da capital pontifícia aposta à estéril agitação política e novidadeira de Paris.

Julho-setembro de 1839. Estadia na Alemanha e na Áustria, no final de setembro partida para a Rússia para assistir suas irmãs, que terminam seus estudos no Instituto patriótico.

Outubro de 1839-maio de 1840. Estadia na Rússia, principalmente em Moscou, na casa de Pogodin, convivência cotidiana com a família Aksakov, onde é objeto de um verdadeiro culto, apesar de suas variações de humor. Em *abril de 1840*, leitura na casa de Aksakov dos capítulos IV, V e VI de *Almas mortas*: encantamento geral, todos deploram que Gogol se obstine em querer partir para Roma. Parte no entanto no dia 18 de maio, prometendo a seus amigos moscovitas retornar "dentro de um ano" com a primeira parte de *Almas mortas* concluída.

Junho-agosto de 1840. Estadia em Viena, de início um período de alegria, cartas muito engraçadas, primeira redação de *O capote*, revisão de *Taras Bulba*. Mas em agosto cai gravemente doente, profunda depressão nervosa, escreve seu testamento e "para não morrer entre os alemães", enfurna-se na Itália. A partir de Trieste "me senti melhor: a viagem, meu único remédio, fez o seu efeito" (carta posterior a Pogodin).

Outono de 1840-verão de 1841. Veneza, depois Roma, onde retoma aos poucos o trabalho. *Início de 1841*: convalescência e sentimento de uma regeneração interior. Volta a *Almas mortas* (revisão completa da primeira parte e preparação da segunda) e a *O Inspetor Geral* (quarta redação). *A partir de março de 1841*, período de exaltação criadora e de fé cada vez mais exaltada na "missão": "Uma criação espantosa se gera em minha alma... Aqui se manifesta com evidência a santa Vontade de Deus: semelhante inspiração não vem do homem... Tenho necessidade absoluta da estrada e da viagem: só elas me recolocam sobre meus próprios pés..." E ele pede a seus amigos que o ajudem, que peçam emprestado para ele. Em julho, segunda edição (profundamente modificada) de *O Inspetor Geral*, em agosto a primeira parte de *Almas mortas* está terminada. Deixa Roma no fim de agosto, passa setembro na Alemanha.

Outubro-dezembro de 1841. Retorno à Rússia, uma semana em Petersburgo em casa de Pletniov, depois em Moscou junto a Pogodin. *No dia 12 de novembro*, *Almas mortas* é submetido ao comitê de censura de Moscou, que o proíbe: o presidente Golokhvastov fica indignado de início com o título

("Jamais! A alma é imortal!"), depois, quando lhe explicam que se trata de "almas" de recenseamento: "Com mais razão ainda! É contra a servidão!"; os censores mais jovens também estão revoltados: "Dois rublos e meio a alma! Não se admitiria isso nem na França nem na Inglaterra! Nenhum estrangeiro quereria nos visitar!"... Gogol, enojado, decide dirigir-se à censura de Petersburgo, confia seu manuscrito a Biélinski, reencontrado sem o conhecimento dos eslavófilos.

Janeiro-abril de 1842. Espera desesperada da liberação da censura que não será dada antes de 9 de março (com umas trinta "correções" e a supressão da *História do capitão Kopéikin*), sendo que o manuscrito, que circula por Petersburgo, não lhe é devolvido a não ser em 5 de abril. Manda-o de imediato para a impressão e refaz o episódio de Kopéikin na tentativa de salvá-lo.

21 de maio de 1842. Almas mortas sai dos prelos. Café da manhã de despedida na casa de Aksakov, e Gogol promete a segunda parte "dentro de dois anos". *Em 23 de maio*, parte de Moscou, dez dias em Petersburgo, partida para a Alemanha.

Julho-agosto de 1842. Tratamento de saúde em Gastein. *Em julho*, *O contemporâneo* publica

O retrato inteiramente reescrito, verdadeiro manifesto de uma concepção apostólica da arte. Entre 6 e 18 de agosto, longa carta a Aksakov na qual fala, com o estilo e por vezes com o vocabulário eslavo de homilia, de seu projeto de peregrinação à Terra Santa: "...Um homem que não usa nem capuz nem mitra, que fez rir e que faz os homens rirem, que persiste ainda em considerar importante colocar as coisas sem importância e o vazio da vida sob a luz, um tal homem não é, é estranho que ele empreenda tal peregrinação. Mas... como saber se não há, talvez, um liame secreto entre de um lado minha obra, entrada no mundo sob o tinir de seus guizos através de uma obscura portinhola, e não por um vitorioso arco do triunfo sob o estrondo de trombetas e ovações majestosas, e, por outro lado, esta longa viagem que planejo? E como saber se não há um profundo e miraculoso liame entre tudo isto e toda minha vida, e o futuro que avança invisível em nossa direção sem ser percebido por ninguém... Eis o que nos diz o homem que faz rir os homens".

Setembro de 1842-maio de 1843. Nova estadia em Roma. Trabalha um pouco em *Almas mortas*, mas revê e refaz extensamente suas obras anteriores: estas são publicadas em Petersburgo em 26 de janeiro de 1843, aos cuidados de Prokopovitch, em quatro volumes (sem incluir *Almas mortas*). Entre os inéditos: *O capote, Taras Bulba* quase inteiramente reescrito, *Hyménée*, *Os jogadores*, etc. "Esta obra é o que constitui no momento presente o orgulho e a honra das letras russas", escreve Biélinski. Mas a crítica de plantão reage com hostilidade redobrada e é a respeito dela que Gogol pede a seus amigos que lhe deem informações: "As crítica e reprovações me são extremamente úteis". Em *fevereiro* e *março de 1843*, ele pede a seus amigos moscovitas (Aksakov, Pogodin e Chévyriov) que se encarreguem de seus negócios por três ou quatro anos: lhe fornecer recursos (6 mil rublos por ano em duas vezes) para suas viagens ("elas me são tão indispensáveis quanto o pão cotidiano"), assistir sua mãe e suas irmãs: "Caso não disponham de outro recurso arrecadem para mim... Entretanto, não devo causar a ninguém a privação do necessário: ainda não tenho este direito..."

A partir de 1843 e durante três anos. Gogol, levando vida errante através da Europa, desaparece da cena literária russa. Espera-se em vão a continuação de *Almas mortas*: "Minhas obras são tão estreitamente ligadas a minha própria formação espiritual, e eu devo experimentar antes de tudo uma tão profunda reeducação interior, que não se deve esperar para breve a publicação de novas obras minhas", escreve a Pletniov em 24 de setembro/6 de outubro de 1843. Leituras e práticas religiosas cada vez mais assíduas, invasão do tom de sermão religioso em suas cartas, convidando seus correspondentes a aperfeiçoar-se como ele o faz.

Maio-outubro de 1843. Incessantes deslocamentos através da Itália, Áustria e Alemanha, onde encontra ocasionalmente Joukovski (em Frankfurt, mais tarde em Sem) e a Senhora Smirnov (em Baden-Baden, onde ele frequenta a aristocracia russa, notadamente o conde Alexandre P. Tolstoi, mais tarde procurador do Santo Sínodo). A respeito de *Almas mortas* ele se recusa ou evita falar.

Início de outubro de 1843. Uma carta de Joukovski deixa supor que Gogol retoma do zero a segunda parte de *Almas mortas*. Partida para Nice.

Inverno de 1843-1844. Estadia em Nice na casa da condessa Vielgorski e seus dois filhos: ele tem aí um auditório devoto que irá fortalecer sua vocação de diretor de consciências. Reencontra também a Senhora Smirnov, e entre eles começará então um período de encontros piedosos, depois uma correspondência de confessor a penitente: em Moscou corre o boato (pouco verossímil) de uma ligação amorosa. Ele não mais escreve senão cartas espirituais, sempre mais numerosas. Em *janeiro de 1844*, anuncia a seus amigos de Moscou, como presente de ano-novo, "um remédio para os males da alma": eles esperam a segunda parte de *Almas mortas*... e cada um deles recebe uma *Imitação de Jesus Cristo* acompanhada do modo de usar: "Leia a cada dia um capítulo, não mais... de preferência após o café ou o chá, a fim de que o apetite não o distraia..."

Março-dezembro de 1844. Constantes deslocamentos na Alemanha, verão em Ostende. "Eu temo o misticismo como o fogo e eu o vejo brotar em você; temo que o artista sofra com isso", lhe escreve Aksakov. Gogol responde que ele não mudou e que não é um místico, mas lhe pede o envio de obras de edificação religiosa, obras dos Padres da Igreja, etc. Todas as cartas desta época (que ele utilizará mais tarde em *Trechos escolhidos de uma correspondência com meus amigos*) têm um tom de pregação e é então o mais claro de seu trabalho "literário". *Almas mortas* não avança. "O tema e a obra são de tal forma ligados a minha formação interior que eu não sou capaz de escrever fora de minha própria presença e que eu devo aguardar a mim mesmo: avanço – a obra avança também; eu paro – ela também cessa de andar." (Carta a seu amigo, o poeta Yazykov.)

Dezembro de 1844. De Frankfurt, ele delega a seus amigos de Petersburgo (Pletniov e Prokopovitch) e de Moscou (Aksakov e Chévyriov) a missão de empregar o produto da venda de suas *Obras* em favor de estudantes que o mereçam, em segredo e sob juramento de não revelar nem o nome do doador nem dos beneficiários.

Janeiro-fevereiro de 1845. Três semanas em Paris como convidado do conde Alexandre P. Tolstoi (Hotel Westminster, rua da Paz, 9). Presença cotidiana nos ofícios da igreja russa, leitura de obras litúrgicas e teológicas.

Março-junho de 1845. Em Frankfurt, junto a Joukovski. Grave crise de depressão nervosa, a tal ponto que redige o Testamento que colocará na abertura dos *Trechos escolhidos* ("Que não me ergam um monumento..."). Inatividade quase total. *Entre 21 de março e 2 de abril*, uma carta à Senhora Smirnov anuncia, ao mesmo tempo, o abandono, ao menos momentâneo, de *Almas mortas* ("É impossível falar de coisas santas se não começamos por sacrificar nossa própria alma...") e a preparação dos *Trechos escolhidos*.

Verão de 1845. Publicação, em Paris, das *Novelas russas de Nicolas Gogol*, traduzidas por

Luois Viardot (e Tourgueniev). Crítica elogiosa de Saint-Breuve na *Revista dos dois mundos*.

Junho-setembro de 1845. Consultas médicas e tratamento indo de uma cidade a outra da Alemanha, práticas religiosas, leituras edificantes, descrição de seus sofrimentos através suas cartas. Em *julho de 1845*, contra a vontade de todos (ele não o revelará senão nos *Trechos escolhidos*), põe fogo "no trabalho de cinco anos", ou seja, na segunda parte de *Almas mortas*.

Outono-inverno de 1845. Nova partida para Roma, em outubro, convalescença e retomada das atividades ("Roma sempre me reviveu e exaltou", escreve à senhora Smirnov), retomada (sempre muito secreta) dos *Trechos escolhidos*. Ele elide toda alusão a *Almas mortas*. No ano-novo, evocação em suas agendas: "Senhor, me abençoe na aurora deste novo ano, faça com que eu o consagre inteiramente a Seus serviços e à salvação das almas...Que o Espírito Santo destrua minhas impurezas..."

1846. Exaltação crescente e novo frenesi de viagens. Em março ele anuncia a Joukovski sua intenção de visitar durante o verão toda a Alemanha, a Inglaterra e a Holanda, no outono a Itália, no inverno a Grécia e o Oriente: "Em meio as minhas crises mais dolorosas, Deus me recompensou com instantes celestiais... Consegui até mesmo escrever alguma coisa de *Almas mortas*... Darei um jeito de escrever durante a viagem, pois se começa a ter necessidade de meu trabalho; aproxima-se o momento no qual a publicação de meu Poema será de uma necessidade essencial..." De fato, ele não trabalha a não ser nos *Trechos escolhidos*, que envia em cadernos sucessivos a Pletniov para que os imprima, pedindo-lhe segredo absoluto (salvo, necessariamente, para o censor). Paralelamente, mas sempre no sentido de seu apostolado, escreve um prefácio para uma reedição da primeira parte de *Almas mortas* e um *Desfecho de O Inspetor Geral*.

Julho-outubro de 1846. O "escândalo Gogol" explode nos meios literários da Rússia. Enquanto se continua esperando a sequência de *Almas mortas*, seu reingresso no mundo das letras após três anos e meio de silêncio é um artigo *Sobre a Odisseia traduzida por Joukovski*, apologia dos costumes patriarcais e diatribe contra as ideias novas. Ademais, Pletniov e o censor não guardaram segredo sobre os *Trechos escolhidos* e sua tendência piedosa e de bons sentimentos. Em *outubro* sai a segunda edição de *Almas mortas* (primeira parte), com a convocação *Ao leitor desta obra,* onde ele convida toda a Rússia a colaborar com sua obra. Enfim, seus amigos das duas capitais são informados por ele que está pensando numa nova representação de *O Inspetor Geral*, acrescido de uma conclusão "que o espectador não está preparado para imaginar por si mesmo" (e que tende a dar à peça um sentido alegórico ou místico: Khlestakov avatar do Diabo), e uma quarta edição da comédia "em benefício dos pobres" – precedida de uma *Advertência* petersburguesa e eslavófila moscovita –, como coletores e repartidores em seu empreendimento beneficente. Consternação de todos os seus admiradores de outros tempos, exultação irônica de todos os seus inimigos literários. Ele, entretanto, em Roma no mês de novembro, em Nápoles em dezembro, convencido de começar uma nova carreira, assume em suas cartas um tom cada vez mais seguro de si mesmo e do sucesso na medida em que se aproxima a publicação de *Trechos escolhidos*. Portanto, aos primeiros ecos do escândalo, muda de ideia ao menos quanto a *O Inspetor Geral* e faz com que seja suspensa sua representação e impressão.

31 de dezembro de 1846. Os trechos escolhidos de uma correspondência com amigos são editados em Petersburgo. As intervenções da censura nelas agravaram em muito a tendência reacionária e obscurantista. Intensificação do escândalo: antigos detratores saúdam o retorno de

Gogol às "ideias sãs", antigos amigos o batizam Tartufo Vassiliévitch.

1847. Sua confiança cede cada vez mais à dúvida, sobretudo após uma carta severa de Aksakov recebida em fevereiro: "Pensando servir ao Céu e à humanidade, você ofende a Deus e aos homens... Eles irão responder diante de Deus, aqueles que o encorajaram a entrar nas armadilhas de seu próprio espírito, do orgulho diabólico que você tem pela humildade cristã". *Em 22 de fevereiro*, ele escreve de Nápoles a Joukovski: "A edição de meu livro fez o barulho de uma espécie de bofetada: bofetada no público, bofetada em meus amigos, e bofetada ainda mais forte em mim mesmo. Eu me vi como se estivesse saindo de um sonho, sentindo, tal como um escolar gazeteiro, que fiz mais besteiras do que pretendera..." Segue no entanto acreditando na utilidade dos *Trechos escolhidos*, e sobretudo as críticas que eles desencadeiam: "Todos os ressentimentos que eu consegui ao preço de um trabalho incrível são insuficientes para que *Almas mortas* sejam aquilo que devem ser", escreve ao irmão da Senhora Smirnov em abril; "eis porque estou tão ávido de saber o que as pessoas estão dizendo de meu livro, pois nos julgamentos que fazem, é o próprio juiz que manifesta o que ele é". E ele solicita de todas as partes as críticas, sobretudo as mais severas, e escreve para justificar sua *Confissão de um autor* (não publicadas enquanto estava vivo). *A partir de junho*, novo frenesi de deslocamentos (Alemanha, Bélgica, Costa Azul, Itália) em busca do equilíbrio nervoso. Em *julho-agosto*, patética troca de cartas com Aksakov ("O livro me cobriu de vergonha, você o diz; é verdade, mas eu agradeço a Deus por esta vergonha; sem ela eu não teria visto minha indecência, minha cegueira... e eu não teria encontrado o esclarecimento de uma porção de coisas que me são indispensáveis conhecer para minhas *Almas mortas...*"), e com Bielinski, que lhe escreve de Salzburgo uma carta muito dura e bastante sectária, na qual faz com que se envergonhe de seus hinos à igreja ortodoxa, à autocracia e ao obscurantismo, e chega a ponto de atribuir a ele ser movido por interesses rasteiros: "Os hinos aos poderes do dia combinam muito com a posição terrestre do piedoso autor..." O Padre Matthieu Konstantinovski, sacerdote zeloso aos limites do fanatismo, a quem enviou os *Trechos escolhidos* por indicação do conde A. P. Tolstoi, lhe escreveu que ele "terá que responder por seu livro perante Deus". Intensificação das práticas piedosas, preparativos para a viagem à Terra Santa.

1848. Fim de janeiro, partida para o Oriente: Constantinopla, Smyrne, Rodes, Beirute, Jerusalém. Poucos registros em sua correspondência, exceto a expressão de sua decepção: "Tive a felicidade de comungar às Santas Espécies colocadas sobre o Santo Sepulcro como um altar – e não me tornei melhor... Em Nazaré, surpreendido pela chuva, passei dois dias esquecido de que estava em Nazaré, exatamente como se fosse uma escala de correio na Rússia", escreverá ele em 1850 a Joukovski. *Em maio*, retorno à Rússia, de início a Vassilievka, depois visita a Kiev em junho, a Moscou em setembro, a Petersburgo em outubro (na casa dos Vielgorski), novamente em Moscou (junto a Pogodin) de meados de outubro a dezembro. Perto do final do ano ele se volta para *Almas mortas*: "Antes de retomar seriamente a pena quero encher meus ouvidos com sons e palavras russas", escreve a Pletniov em novembro. Por esta época ele confia a Alexandre Bokharev (em religião o monge Théodore) sua intenção de concluir o "Poema" com a conversão de Tchitchikov a uma vida virtuosa: seria a terceira parte do romance.

1849. Está hospedado em Moscou na casa do conde Alexandre P. Tolstoi: ambiente de "pastores da igreja ortodoxa (sobretudo o padre Matthieu), de monges, de carolice, de superstição e misticismo", julga Aksakov. Mas Gogol está desde então livre de todas as preocupações materiais, seus direitos de autor geridos por seus amigos servindo unicamente para atender sua mãe e alimentar seu fundo de ajuda aos estudantes. No verão, visitas a seus amigos no campo: na casa dos Smirnov em Bieguitchev, na casa de Aksakov em Abramtsev: para surpresa deles, neste momento ele faz a leitura do primeiro capítulo da segunda parte de *Almas mortas*, mas se recusa a ler os capítulos seguintes já escritos.

Janeiro-junho de 1850. Novamente em Moscou na casa do conde Alexandre P. Tolstoi. "*Almas mortas* não está perto de sua conclusão, tudo não passa de um rascunho, exceto dois ou três capítulos", escreve a Pletniov em janeiro. Entretanto, no mesmo momento, ele lê na casa de Aksakov dois capítulos (o primeiro, inteiramente reescrito, e o segundo): "Agora estou convencido de que Gogol é capaz de cumprir a meta da qual falava com tanta petulância em sua primeira parte", escreve Aksakov a seu filho. *Em maio*, leitura do capítulo III na casa de Aksakov novamente entusiasmado. É em torno desta época que Gogol parece (segundo um rascunho de carta encontrada em seus papéis) ter pedido à condessa Vielgorski, sua grande admiradora desde 1836, a mão de sua filha Anne, que se tornara há dois anos sua discípula e confidente – e teve que suportar uma recusa: em todos os casos, cessam suas relações com os Vielgorski.

Junho a outubro de 1850. Viagem ao célebre ermitério de Optina, onde ele admira a benemerente influência dos monges até sobre os camponeses da região; depois férias em Vassilievka: trabalho literário pela manhã, depois desenho, jardinagem, botânica. *No dia 20 de agosto,* escreve à Senhora Smirnov: "Se Deus me der inspiração, a segunda parte (de *Almas mortas*) estará concluída neste inverno".

Fim de outubro de 1850-março de 1851. Longa estadia em Odessa, em casa de seu parente distante A. Trochtchinski. Novo período de leituras e práticas piedosas ("ele reza como um mujique", dizem as domésticas do príncipe Repnin cuja casa ele frequenta quotidianamente), crises de abatimento e de sonolência. *Almas mortas* avança lentamente.

Primavera-verão de 1851. Maio em Vassilievka, posterior retorno a Moscou junto ao conde A. P. Tolstoi. Trabalho mais ágil. *Em 24 de junho* leitura em casa de Aksakov do capítulo IV. De julho a setembro, numerosas visitas a amigos no campo. *Em 15 de julho*, carta a Pletniov falando da preparação do segundo volume de *Almas mortas*, e também da reedição de suas *Obras* (ele lhe pede o sacrifício de seu próprio exemplar para obter a liberação da censura: a edição de 1842 não pode ser encontrada, vendida no mercado negro, e corre o boato de que a reedição está proibida). Fim de julho, ele lê para Chévyriov sete capítulos já completos de *Almas mortas*, depois lhe pede que não o diga a ninguém, nem mesmo que faça alusão.

Setembro de 1851. Um amigo lhe envia o que escreveu Herzen, em Londres, a respeito em sua brochura (proibida na Rússia) "Sobre o desenvolvimento das ideias revolucionárias na Rússia". Gogol fica muito chocado com o papel panfletário que lhe é atribuído, mais ainda com a acusação de ter "traído" as ideias que ele encarnava em suas obras. Nova crise moral e nervosa: no dia 22, parte de Moscou para estar em Vassilievka durante o casamento de sua irmã; num brusco acesso de melancolia, ele volta em direção de Kalouga, indo pedir conselhos ao padre Macaire no ermitério de Optina, onde passa quatro dias em hesitações, depois volta a Moscou, com uma breve parada em Abramtsev em casa de Aksakov: "Como ele tem o espírito sofrido e os nervos à flor da pele", observa a filha de Aksakov.

Outono-inverno de 1851. Luta contra o tempo para concluir *Almas mortas* e reeditar suas *Obras*. "O tempo não é o bastante para nada, como se o Maligno o roubasse", escreve a Aksakov. *Em 10 de outubro*, Pletniov obtém-lhe a licença para a reedição de suas *Obras* em quatro volumes, sem modificações, mas Gogol gostaria de um quinto volume com os *Trechos escolhidos* "completamente revistos e depurados..." *Em 20 de outubro*, Ivan Turguéniev vai encontrá-lo na casa do conde A. P. Tolstoi: "Fui vê-lo como se vai ver um homem extraordinário, genial, um pouco marcado: é assim que será julgado então por todos em Moscou... Eu tinha apenas o desejo de ver este homem do qual eu conhecia a obra quase de cor: é difícil fazer com que se entenda a ressonância mágica que então estava ligada a seu nome..." Ele o encontra muito abalado pela crítica de Herzen.

Janeiro de 1852. No ano-novo, ele confidencia ao irmão da senhora Smirnov que onze capítulos da segunda parte de *Almas mortas* estão concluídos. Mas para Aksakov, em 9 de janeiro, escreve: "O tempo passa tão rápido que não se chega a nada". Em meados de janeiro, a mulher de seu amigo, o eslavófilo Khomiakov, irmã de Yazykov, mãe de sete crianças das quais uma é afilhada de Gogol, adoece e morre em alguns dias (*26 de janeiro*). Profundamente abalado, Gogol fala durante dias a respeito desta morte; desinteressa-se de seu trabalho, reza e jejua. Entretanto, no dia 31 ele corrige as provas com Chévyriov.

4 a 10 de fevereiro de 1852. Quaresma. Gogol intensifica os exercícios piedosos, jejua, reza, ofícios durante o dia e à noite em sua paróquia e no oratório privado do conde A. P. Tolstoi. No dia 5, o padre Mathieu vem vê-lo, lê a segunda parte de *Almas mortas* e critica duramente certas passagens; ele negará ter dito a Gogol que deveria destruir tudo, mas Gogol grita: "Chega! Já não aguento mais!", quando ele evoca o Julgamento Final. *No dia 7*, depois de ter comungado, Gogol é transportado ao Hospital da Transfiguração onde se trata o "louco em Cristo" Ivan Koriéïcha, para lhe pedir seu conselho de "vidente". Ele se detém por um momento diante da porta, na neve, hesita, depois se vai. *Na noite de 8 ou 9*, ele acorda súbito, chama um padre e lhe pede os últimos sacramentos: "Ele se viu morto, escutou uma voz chamando-o..." *Em 9 de fevereiro*, última visita a alguns amigos.

Noite de 11 e 12 de fevereiro de 1852. Após a celebração de um ofício à noite e uma longa prece em seu quarto, às três horas da manhã, tendo apenas sua jovem criada ucraniana como testemunha, Gogol joga no fogo tudo que escreveu para a segunda parte de *Almas mortas*, se benze, vai dormir e chora. No dia seguinte, está tão fraco que o obrigam a permanecer no quarto, numa poltrona, e chamam, apesar de sua opinião em contrário, um médico.

13 a 20 de fevereiro de 1852. Longa agonia, segundo tudo indica voluntária: recusa qualquer conversa, qualquer alimentação, qualquer cuidado médico mesmo quando Chévyriov lhe suplica de joelhos, mesmo quando os padres o aconselham a aceitar. No dia 18, recebe em lágrimas os últimos sacramentos e deixa a poltrona e retorna ao leito, e a partir do dia 19 os médicos mais conceituados, chamados pelo conde Tolstoi, o "tratam" apesar de seus protestos (sangrias, moxas, gelo sobre a testa, cataplasmas, banhos frios e até mesmo passes magnéticos...). No dia 20, Gogol delira.

21 de fevereiro, quinta-feira. Gogol morre às oito horas da manhã.

22 a 24 de fevereiro de 1852. Funerais na igreja da Universidade de Moscou. O corpo é carregado por homens de letras, depois por estudantes, durante dois dias visitação ao caixão. No dia 24, translado, pelos estudantes, ao monastério São Daniel, em meio a uma multidão considerável. (A tumba será transferida, em 1931, ao monastério conhecido como Novas-Virgens.)

Março de 1852. As autoridades imperiais param a reimpressão das *Obras* (elas não serão reeditadas antes de 1855, depois da morte de Nicolau I), e o próprio nome de Gogol é praticamente interditado na imprensa. Ivan Turguéniev, por um artigo comovido publicado em *Notícias de Moscou,* é preso no dia 16 de abril, permanecendo fora de circulação por um mês e, depois, é exilado em suas terras.

Coleção L&PM POCKET

1191.**E não sobrou nenhum e outras peças** – Agatha Christie
1192.**Ansiedade** – Daniel Freeman & Jason Freeman
1193.**Garfield: pausa para o almoço** – Jim Davis
1194.**Contos do dia e da noite** – Guy de Maupassant
1195.**O melhor de Hagar 7** – Dik Browne
1196(29).**Lou Andreas-Salomé** – Dorian Astor
1197(30).**Pasolini** – René de Ceccatty
1198.**O caso do Hotel Bertram** – Agatha Christie
1199.**Crônicas de motel** – Sam Shepard
1200.**Pequena filosofia da paz interior** – Catherine Rambert
1201.**Os sertões** – Euclides da Cunha
1202.**Treze à mesa** – Agatha Christie
1203.**Bíblia** – John Riches
1204.**Anjos** – David Albert Jones
1205.**As tirinhas do Guri de Uruguaiana 1** – Jair Kobe
1206.**Entre aspas (vol.1)** – Fernando Eichenberg
1207.**Escrita** – Andrew Robinson
1208.**O spleen de Paris: pequenos poemas em prosa** – Charles Baudelaire
1209.**Satíricon** – Petrônio
1210.**O avarento** – Molière
1211.**Queimando na água, afogando-se na chama** – Bukowski
1212.**Miscelânea septuagenária: contos e poemas** – Bukowski
1213.**Que filosofar é aprender a morrer e outros ensaios** – Montaigne
1214.**Da amizade e outros ensaios** – Montaigne
1215.**O medo à espreita e outras histórias** – H.P. Lovecraft
1216.**A obra de arte na era de sua reprodutibilidade técnica** – Walter Benjamin
1217.**Sobre a liberdade** – John Stuart Mill
1218.**O segredo de Chimneys** – Agatha Christie
1219.**Morte na rua Hickory** – Agatha Christie
1220.**Ulisses (Mangá)** – James Joyce
1221.**Ateísmo** – Julian Baggini
1222.**Os melhores contos de Katherine Mansfield** – Katherine Mansfield
1223(31).**Martin Luther King** – Alain Foix
1224.**Millôr Definitivo: uma antologia de *A Bíblia do Caos*** – Millôr Fernandes
1225.**O Clube das Terças-Feiras e outras histórias** – Agatha Christie
1226.**Por que sou tão sábio** – Nietzsche
1227.**Sobre a mentira** – Platão
1228.**Sobre a leitura** *seguido do* **Depoimento de Céleste Albaret** – Proust
1229.**O homem do terno marrom** – Agatha Christie
1230(32).**Jimi Hendrix** – Franck Médioni
1231.**Amor e amizade e outras histórias** – Jane Austen
1232.**Lady Susan, Os Watson e Sanditon** – Jane Austen
1233.**Uma breve história da ciência** – William Bynum
1234.**Macunaíma: o herói sem nenhum caráter** – Mário de Andrade
1235.**A máquina do tempo** – H.G. Wells
1236.**O homem invisível** – H.G. Wells
1237.**Os 36 estratagemas: manual secreto da arte da guerra** – Anônimo
1238.**A mina de ouro e outras histórias** – Agatha Christie
1239.**Pic** – Jack Kerouac
1240.**O habitante da escuridão e outros contos** – H.P. Lovecraft
1241.**O chamado de Cthulhu e outros contos** – H.P. Lovecraft
1242.**O melhor de Meu reino por um cavalo!** – Edição de Ivan Pinheiro Machado
1243.**A guerra dos mundos** – H.G. Wells
1244.**O caso da criada perfeita e outras histórias** – Agatha Christie
1245.**Morte por afogamento e outras histórias** – Agatha Christie
1246.**Assassinato no Comitê Central** – Manuel Vázquez Montalbán
1247.**O papai é pop** – Marcos Piangers
1248.**O papai é pop 2** – Marcos Piangers
1249.**A mamãe é rock** – Ana Cardoso
1250.**Paris boêmia** – Dan Franck
1251.**Paris libertária** – Dan Franck
1252.**Paris ocupada** – Dan Franck
1253.**Uma anedota infame** – Dostoiévski
1254.**O último dia de um condenado** – Victor Hugo
1255.**Nem só de caviar vive o homem** – J.M. Simmel
1256.**Amanhã é outro dia** – J.M. Simmel
1257.**Mulherzinhas** – Louisa May Alcott
1258.**Reforma Protestante** – Peter Marshall
1259.**História econômica global** – Robert C. Allen
1260(33).**Che Guevara** – Alain Foix
1261.**Câncer** – Nicholas James
1262.**Akhenaton** – Agatha Christie
1263.**Aforismos para a sabedoria de vida** – Arthur Schopenhauer
1264.**Uma história do mundo** – David Coimbra
1265.**Ame e não sofra** – Walter Riso
1266.**Desapegue-se!** – Walter Riso
1267.**Os Sousa: Uma famíla do barulho** – Mauricio de Sousa
1268.**Nico Demo: O rei da travessura** – Mauricio de Sousa
1269.**Testemunha de acusação e outras peças** – Agatha Christie
1270(34).**Dostoiévski** – Virgil Tanase
1271.**O melhor de Hagar 8** – Dik Browne
1272.**O melhor de Hagar 9** – Dik Browne
1273.**O melhor de Hagar 10** – Dik e Chris Browne
1274.**Considerações sobre o governo representativo** – John Stuart Mill

1275.**O homem Moisés e a religião monoteísta** – Freud
1276.**Inibição, sintoma e medo** – Freud
1277.**Além do princípio de prazer** – Freud
1278.**O direito de dizer não!** – Walter Riso
1279.**A arte de ser flexível** – Walter Riso
1280.**Casados e descasados** – August Strindberg
1281.**Da Terra à Lua** – Júlio Verne
1282.**Minhas galerias e meus pintores** – Kahnweiler
1283.**A arte do romance** – Virginia Woolf
1284.**Teatro completo v. 1: As aves da noite** ***seguido de*** **O visitante** – Hilda Hilst
1285.**Teatro completo v. 2: O verdugo** ***seguido de*** **A morte do patriarca** – Hilda Hilst
1286.**Teatro completo v. 3: O rato no muro** ***seguido de*** **Auto da barca de Camiri** – Hilda Hilst
1287.**Teatro completo v. 4: A empresa** ***seguido de*** **O novo sistema** – Hilda Hilst
1289.**Fora de mim** – Martha Medeiros
1290.**Divã** – Martha Medeiros
1291.**Sobre a genealogia da moral: um escrito polêmico** – Nietzsche
1292.**A consciência de Zeno** – Italo Svevo
1293.**Células-tronco** – Jonathan Slack
1294.**O fim do ciúme e outros contos** – Proust
1295.**A jangada** – Júlio Verne
1296.**A ilha do dr. Moreau** – H.G. Wells
1297.**Ninho de fidalgos** – Ivan Turguêniev
1298.**Jane Eyre** – Charlotte Brontë
1299.**Sobre gatos** – Bukowski
1300.**Sobre o amor** – Bukowski
1301.**Escrever para não enlouquecer** – Bukowski
1302.**222 receitas** – J. A. Pinheiro Machado
1303.**Reinações de Narizinho** – Monteiro Lobato
1304.**O Saci** – Monteiro Lobato
1305.**Memórias da Emília** – Monteiro Lobato
1306.**O Picapau Amarelo** – Monteiro Lobato
1307.**A reforma da Natureza** – Monteiro Lobato
1308.**Fábulas** ***seguido de*** **Histórias diversas** – Monteiro Lobato
1309.**Aventuras de Hans Staden** – Monteiro Lobato
1310.**Peter Pan** – Monteiro Lobato
1311.**Dom Quixote das crianças** – Monteiro Lobato
1312.**O Minotauro** – Monteiro Lobato
1313.**Um quarto só seu** – Virginia Woolf
1314.**Sonetos** – Shakespeare
1315(35).**Thoreau** – Marie Berthoumieu e Laura El Makki
1316.**Teoria da arte** – Cynthia Freeland
1317.**A arte da prudência** – Baltasar Gracián
1318.**O louco** ***seguido de*** **Areia e espuma** – Khalil Gibran
1319.**O profeta** ***seguido de*** **O jardim do profeta** – Khalil Gibran
1320.**Jesus, o Filho do Homem** – Khalil Gibran
1321.**A luta** – Norman Mailer
1322.**Sobre o sofrimento do mundo e outros ensaios** – Schopenhauer
1323.**Epidemiologia** – Rodolfo Sacacci
1324.**Japão moderno** – Christopher Goto-Jones
1325.**A arte da meditação** – Matthieu Ricard
1326.**O adversário secreto** – Agatha Christie
1327.**Pollyanna** – Eleanor H. Porter
1328.**Espelhos** – Eduardo Galeano
1329.**A Vênus das peles** – Sacher-Masoch
1330.**O 18 de brumário de Luís Bonaparte** – Karl Marx
1331.**Um jogo para os vivos** – Patricia Highsmith
1332.**A tristeza pode esperar** – J.J. Camargo
1333.**Vinte poemas de amor e uma canção desesperada** – Pablo Neruda
1334.**Judaísmo** – Norman Solomon
1335.**Esquizofrenia** – Christopher Frith & Eve Johnstone
1336.**Seis personagens em busca de um autor** – Luigi Pirandello
1337.**A Fazenda dos Animais** – George Orwell
1338.**1984** – George Orwell
1339.**Ubu Rei** – Alfred Jarry
1340.**Sobre bêbados e bebidas** – Bukowski
1341.**Tempestade para os vivos e para os mortos** – Bukowski
1342.**Complicado** – Natsume Ono
1343.**Sobre o livre-arbítrio** – Schopenhauer
1344.**Uma breve história da literatura** – John Sutherland
1345.**Você fica tão sozinho às vezes que até faz sentido** – Bukowski
1346.**Um apartamento em Paris** – Guillaume Musso
1347.**Receitas fáceis e saborosas** – José Antonio Pinheiro Machado
1348.**Por que engordamos** – Gary Taubes
1349.**A fabulosa história do hospital** – Jean-Noël Fabiani
1350.**Voo noturno** ***seguido de*** **Terra dos homens** – Antoine de Saint-Exupéry
1351.**Doutor Sax** – Jack Kerouac
1352.**O livro do Tao e da virtude** – Lao-Tsé
1353.**Pista negra** – Antonio Manzini
1354.**A chave de vidro** – Dashiell Hammett
1355.**Martin Eden** – Jack London
1356.**Já te disse adeus, e agora, como te esqueço?** – Walter Riso
1357.**A viagem do descobrimento** – Eduardo Bueno
1358.**Náufragos, traficantes e degredados** – Eduardo Bueno
1359.**Retrato do Brasil** – Paulo Prado
1360.**Maravilhosamente imperfeito, escandalosamente feliz** – Walter Riso
1361.**É...** – Millôr Fernandes
1362.**Duas tábuas e uma paixão** – Millôr Fernandes
1363.**Selma e Sinatra** – Martha Medeiros
1364.**Tudo que eu queria te dizer** – Martha Medeiros
1365.**Várias histórias** – Machado de Assis
1366.**A sabedoria do Padre Brown** – G. K. Chesterton
1367.**Capitães do Brasil** – Eduardo Bueno
1368.**O falcão maltês** – Dashiell Hammett
1369.**A arte de estar com a razão** – Arthur Schopenhauer
1370.**A visão dos vencidos** – Miguel León-Portilla

IMPRESSÃO:

PALLOTTI

GRÁFICA

Santa Maria - RS | Fone: (55) 3220.4500

www.graficapallotti.com.br